Gulliver's Travels

Gulliver's Travels

걸리버 여행기

Jonathan Swift 원작 | 천선란 추천

1판 1쇄 인쇄 2021년 3월 31일 | 1판 1쇄 발행 2021년 4월 12일

엮은이 분성옥
펴낸이 정중모 | 펴낸곳 팡세 | 등록 1988년 1월 21일(제406-2000-000202호)
편집장 서경진 | 편집 윤소정, 강정윤 | 디자인 권순영
마케팅 김선규 | 제작 윤준수 | 관리 이원희, 고은정, 원보람
주소 경기도 파주시 회동길 152
전화 031-955-0700 | 팩스 031-955-0661 | 홈페이지 www.yolimwon.com
전자우편 bbchild@yolimwon.com
ISBN 978-89-6155-928-7 04800, 978-89-6155-907-2(세트)

어린이제품안전특별법에 의한 제품 표시
제조자명 파랑새 | 제조년월 2021년 4월 | 제조국 대한민국 | 사용연령 8세 이상

Gulliver's Travels

걸리버 여행기

조너선 스위프트 원작 | 천선란 추천

팡세

어느 한 사람이

어떤 곳에서는 신이 되고

어떤 곳에서는

마녀가 되어 그렇게

우리 삶에도 수많은 걸리버가 존재한다.

차례

천선란이 꿈꾸는 소인국과 거인국의 사회

　여행은 어느 한 세계의 이방인이 되는 것이다. 이방인의 곁에는 많은 위험과 고난이, 시시각각으로 뒤바뀌는 상황과 그럼에도 살아가게 하는 친절이 있다. 모험을 즐기는 걸리버는 항해 도중 조난당하고, 구사일생으로 닿게 된 섬에서 소인과 거인, 학자들, 마술사 등 다양한 존재를 만나게 된다. 어떤 섬은 걸리버에게 자신들의 언어를 가르치며 이용하려 하고 어떤 섬은 걸리버가 편하게 소통할 수 있도록 통역사를 붙여 주기도 하며 또 어떤 섬은 걸리버를 자신들의 사치품처럼 두기도 한다. 걸리버가 어느 곳을 가느냐에 따라 그를 대하는 태도와 시선, 위치가 변한다. 걸리버의 몸이 상대에 비해 커졌다, 작아졌다 하는 것은 걸리버에게 외관을 바꾸게 하는 특별한 능력이 있어서가 아니다. 세계가 걸리버를 규정하는 것이다. 한 사람을 판단할 때 그 사람이 위협적인지 혹은 사교적인지, 친절한지 혹은 멍청한지를 판단하는 것이 사회라는 것을 <걸리버 여행기>를 통해 알 수 있다. 그 사회는 소인국과 거인국, 생각하는 사람과 마법사처럼 전혀 다른 형태로 각기 다른 언어를 사용하고 있으며, 서로의 세계가 존재하는 것조차 알지 못한다. 그 모습이 지금의 우리와 크게 다르지 않다. 크게는 국가와 국가, 작게는 도시와 도시, 더 작게는 집단과 집단이 서로의 존재를 부정하고 서로가 알아듣지 못할 언어를 사용하고 있다. 어느 한 사람이 어떤 곳에서는 신이 되고 어떤 곳에서는 마녀가 되어 그렇게 우리 삶에도 수많은 걸리버가 존재한다. 세계가 또 다른 걸리버인 우리를 규정하는 것이다. 우리 세계를 살아가는 걸리버가 돌아갈 집이 없어 이 사회를 버텨 내야 한다면 소인국과 거인국이 서로의 존재를 알고 소통하는 사회가 되길 꿈꿔 본다.

소설가 천선란 (한국과학문학상 장편 대상 수상)

소 인 국 여 행

Gulliver's Travels

걸리버 여행기

여행의 시작

나는 레뮤엘 걸리버입니다. 나는 지금부터 아주 특별한 여행 이야기를 하려고 합니다.

나의 여행 이야기는 앤틸로프 호의 윌리엄 프리처드 선장이 찾아오면서 시작되었습니다.

"태평양을 항해하려고 하는데, 함께 가지 않겠나?"

윌리엄 프리처드 선장은 나에게 선원들의 건강을 책임져 달라고 부탁했습니다.

　나는 마음이 들떴습니다. 의사이자 남편, 아빠로 하루하루를 보내고 있었지만 마음속에는 언제나 여행을 떠나기를 꿈꾸고 있었습니다. 몇 번 항해를 하면서 선원들을 돌봐 온 경험이 있던 나는 머뭇거릴 이유가 없었습니다.

　1699년 5월 4일 드디어 여행이 시작되었습니

다. 처음에는 바람도 잘 불어 주고, 파도도 높지 않아 좋았습니다. 하지만 몇 달 후 거센 파도와 비바람, 해적까지 만나게 되었습니다.

"선원 열두 명이 목숨을 잃고, 다른 선원들도 건강이 좋지 않습니다. 빨리 육지를 찾아야 합니다."

나는 선장에게 선원들의 건강 상태에 대해 말했습니다.

"그래야지. 하지만 여기가 어딘지 모르겠군. 거센 비바람 때문에 목적지에서 굉장히 멀어졌거든. 안개도 너무 짙어서 방향 잡기도 힘들고 말이야."

선장은 비바람보다 안개 속에서 항해하는 것이 더 어려운 일이라며 주위에 무엇이 있는지 잘 살피라고 했습니다. 그 순간이었습니다. 갑자기 선원 한 명이 소리쳤습니다.

"바위다, 바위다!"

앤틸로프 호는 커다란 바위와 정면으로 부딪쳤습니다.

산산이 부서진 앤틸로프 호에서 살아남은 사람은 나와 여섯 명의 선원들뿐이었습니다. 우리는 육지에서 물을 실어 나르거나, 먹을 것을 구하기 위해 만들어진 작은 배에 겨우 올라탔습니다.

하지만 그것이 끝이 아니었습니다. 모두가 지쳐 쓰러진 순간 갑작스럽게 세찬 바람이 불어왔습니다. 배는 뒤집혔고, 나는 바닷속으로 내동댕이쳐졌습니다. 순식간에 일어난 일이었습니다. 함께 있던 선원들에게 어떤 일이 일어났는지 알 수 없었습니다. 나는 그저 살기 위해 헤엄치고 또 헤엄쳤습니다.

더 이상 팔을 휘저을 수 없을 만큼 힘이 빠졌을

때, 발이 땅에 닿는 곳에 다다를 수 있었습니다. 나는 마지막 힘을 다해 해변으로 걸어가 풀밭 위에 쓰러졌습니다.

"이게 뭐지?"

잠에서 깬 나는 몸을 움직일 수 없었습니다. 가늘고 긴 줄에 의해 몸이 땅에 단단히 붙들어 매져 있었습니다. 손가락도 머리카락도 움직일 수 없었습니다.

어디선가 웅성웅성 소리가 들려왔습니다. 하지만 하늘을 향해 꼼짝 못 하고 누워 있는 나는 고개도 돌릴 수 없었습니다. 그때, 왼쪽 다리에서 무언가 꿈틀대는 것이 느껴졌습니다. 그것은 점점 얼굴을 향해 다가왔습니다.

그것은 놀랍게도 키가 12센티미터 정도밖에 되지 않는 사람들이었습니다.

소인 40여 명이 나를 향해 화살을 겨누며 다가오고 있는 것이었습니다.

"으악!"

내가 비명을 지르자 소인들이 모두 달아났습니다.

나는 몸을 뒤척여 겨우 왼손을 풀었습니다. 머리카락을 묶은 끈들도 느슨하게 만들고 고개를 살짝 들어 올렸습니다. 그러자 화살이 빗줄기처럼 날아왔습니다.

"앗, 따가워! 하지 마, 하지 마!"

나는 왼손으로 얼굴을 가렸습니다. 화살이 워낙 작아 아프지는 않았지만 눈에 맞으면 앞을 볼 수 없을 것 같았습니다.

내 손에 수백 발의 화살이 날아와 박혔습니다. 나는 가만히 있기로 마음먹었습니다. 아무리 소인들이라도 수천 명이 떼로 덤비면 힘들 것 같았기 때문입니다.

소인국 사람들

   내가 얌전해지자, 소인들은 오른쪽에 묶은 줄을 풀어 주고 미리 준비해 두었던 고기 바구니 수십 개를 가져왔습니다.

   나는 손가락으로 작은 고기들을 집어 먹었습니다. 준비한 수십 개의 고기 바구니를 모두 비우고, 그들이 준비한 포도주 두 통도 마셨습니다. 포도

주 통은 그들 덩치에 비하면 꽤 컸지만 나에게는
두 컵 정도밖에 되지 않는 적은 양이었습니다.

음식을 먹고 나자 잠이 왔습니다. 나중에 알게
된 것이지만, 소인들이 국왕의 명령에 따라 내가

먹을 음식에 미리 잠자는 약을 타 두었던 것이었습니다.

소인국은 수학이 발달한 나라였습니다. 소인들은 5백 명의 목수와 기술자를 모아 길이 210센티

미터, 폭 130센티미터의 판에 22개의 바퀴를 달아 나를 싣고 갈 수레를 만들었습니다.

또한 수레에 나를 싣기 위해 30센티미터 높이의 장대 80개를 세우고, 내 몸을 감은 붕대에 갈고리를 걸었습니다. 갈고리에는 튼튼한 끈을 달고, 그 끈은 80개의 장대에 연결되어 도르래를 통해 잡아당길 수 있게 했습니다.

900명의 소인들은 세 시간 정도 힘을 쓴 끝에 겨우 나를 수레 위에 올렸습니다. 1500마리의 말이 수레를 끌고 소인국의 수도로 향했습니다. 물론 여기까지 나는 하나도 기억이 나지 않습니다. 여덟 시간 동안 잠들어 있었기 때문에, 나중에 친구가 된 소인이 해 준 이야기를 듣고 알게 된 것입니다.

나와 소인들은 다음 날 열두 시가 되어서야 수

도의 성문 근처에 도착할 수 있었습니다.

소인국의 젊은 국왕은 말을 타고 나에게 다가왔습니다.

"안녕하세요!"

나는 무릎을 꿇고 고개를 숙여 인사했습니다. 국왕도 나에게 무어라 얘기했습니다. 하지만 소인국의 말은 처음 듣는 말이라 무어라 얘기하는지 알 수 없었습니다.

소인국에서 나는 커다란 사원에 머물렀습니다. 높이가 120센티미터, 너비는 60센티미터로, 무릎을 꿇고 기어가면 충분히 사원 안으로 들어갈 수 있었습니다. 소인들이 내 몸의 줄을 풀고, 왼쪽 다리에만 36개의 자물쇠가 달린 2미터 정도의 쇠사슬을 묶었습니다.

"누구야?"

사원에 앉아 있는 나에게 누군가 화살을 쏘았습니다. 화살은 내 왼쪽 눈 옆을 아슬아슬하게 스치고 지나갔습니다. 수비대장은 화살을 쏜 여섯 명을 붙잡아 나에게 데려왔습니다.

나는 그들을 손으로 잡았습니다. 그리고 잡아먹겠다는 듯 입을 쩍 벌렸습니다. 그들은 비명을 질렀습니다.

"한 번은 봐주지만 두 번은 안 봐줘. 다시는 나에게 화살을 쏘지 마. 알았지!"

나는 눈을 부리부리하게 뜨고 말했습니다. 그들은 내 표정을 보고 알겠다는 듯 고개를 끄덕이며 두 손을 싹싹 빌었습니다. 나는 모두를 땅에 내려 놓았습니다. 그들은 뒤도 돌아보지 않고 쏜살같이 달아났습니다.

그들을 놓아 준 것은 잘한 일이었습니다. 나중

에 친구가 된 대신에게서 들은 것인데, 내가 소인국에 잡혀 온 후 대신 회의에서 이런 일이 있었다고 합니다.

"산 같은 사람은 우리를 공격할 것입니다. 독화살로 눈을 맞혀 없애는 게 좋을 것 같습니다."

"좀 더 생각해 봐야 합니다. 산 같은 사람의 시체에서 풍겨 나올 지독한 냄새와 구더기가 전염병을 일으킬 수도 있습니다."

"폐하, 산 같은 사람은 좋은 사람입니다. 그가 사원에 온 첫날, 여섯 명의 국민이 산 같은 사람에게 화살을 쏜 적이 있었습니다. 산 같은 사람은 그들을 한 손으로 모두 잡았습니다."

"그래서 그들을 어떻게 했는가?"

"머리카락 한 올 뽑지 않고 모두 놓아주었습니다."

수비대장의 말에 국왕은 내가 좋은 사람이라고 생각했습니다. 그리하여 다음과 같은 명령을 내렸습니다.

"산 같은 사람의 식사를 위해 아침마다 6마리의 소와 40마리의 양과 빵, 마실 것을 국민들로부터 사들이도록 하라. 또한 산 같은 사람의 시중을 들 하인을 뽑고, 뛰어난 학자 6명을 보내어 산 같은 사람에게 우리말을 가르치도록 하라. 이에 따른 모든 비용은 제때 치러 국민들이 힘들지 않게 하라."

나는 열심히 소인국 말을 배웠습니다. 덕분에 20여 일 후에는 소인국 사람들과 간단한 이야기를 나눌 수 있을 정도가 되었습니다.

자유를 얻다

　나는 발목의 쇠줄을 풀기 위해 주머니 조사를 받아야 했습니다. 내게는 작은 물건일지라도 소인들에게는 위험한 물건이 될 수 있기 때문이었습니다.

　나는 조사하러 온 두 명의 소인들을 손으로 들어 주머니 속을 하나하나 조사하게 했습니다. 하지만 비밀주머니는 보여 주지 않았습니다.

비밀 주머니에는 내 시력에 맞춘 안경과 망원경 그리고 몇 개의 잡다한 물건들이 들어 있었습니다. 혹시라도 이곳을 탈출하거나 자유로운 몸이 되더라도 안경과 망원경은 꼭 필요할 것 같아서 소인국 사람들에게 뺏기기 싫었습니다.

내 주머니 속의 물건들을 꼼꼼하게 조사한 소인들은 하나하나 적어 국왕에게 보고했습니다. 주머니 속에서 나온 것은 손수건, 담배, 일기장, 머리빗, 권총, 화약, 총알, 칼, 시계와 동전 등이었습니다.

"칼을 꺼내 보도록 하게."

"예, 폐하!"

나는 칼집에서 칼을 꺼냈습니다. 순간 칼날이 햇빛에 번쩍 빛났습니다. 소인국 사람들이 눈을 가리며 비명을 질렀습니다.

"총이라는 것도 꺼내 보게."

나는 국왕에게 총을 보여 주었습니다.

"어떻게 사용하는 것인지 시범을 보여 보게."

"네, 하지만 놀라지 마십시오. 아주 큰 소리가 납니다."

나는 하늘을 향해 총을 쏘았습니다. 천둥처럼 큰 소리에 소인국 사람들은 귀를 막고 주저앉았습니다. 국왕 또한 한동안 말을 잃고 멍하니 하늘만 쳐다보았습니다. 국왕은 내게서 칼과 권총, 화약과 총알 등을 가져가고 나머지는 모두 돌려주었습니다.

주머니 조사가 끝나자 소인국 사람들은 나를 부드러운 눈으로 바라보았습니다. 날카로운 칼과 천둥처럼 커다란 소리를 내는 권총을 순순히 국왕에게 주었기 때문입니다.

소인국 사람들이 나에 대한 의심을 거두게 되자 나는 드디어 발목에 묶인 무거운 쇠줄을 풀고 자유로워질 수 있었습니다. 아마도 내가 칼과 총을 순순히 국왕에게 돌려준 것이 그들의 마음을 열게 한 것 같았습니다. 그러나 나는 쇠줄을 푸는 대신 몇 가지의 조건을 반드시 따라야만 했습니다. 그것은 총 아홉 가지의 맹세를 조건으로 하는 약속들이었습니다.

첫째, '산 같은 사람'은 국왕이 도장을 찍어 허락하기 전에는 릴리퍼트를 떠나서는 안 된다.

둘째, 국왕의 명령이 있을 때만 성에 들어올

수 있으며, 이때는 국민들이 다치지 않게 두 시간 전에 알려서 집 밖에 나오지 않도록 해야 한다.

셋째, 걸어 다닐 때는 농장이나 밭을 망치지 않도록 큰길로만 다녀야 한다.

넷째, 사랑하는 국민과 말, 마차 등을 밟지 않도록 조심해야 하며, 국민들을 함부로 손으로 쥐어서는 안 된다.

다섯째, 급한 일이 있을 때는 소식 전하는 일을 맡은 신하를 주머니에 넣어 안전하게 옮겨 주어야 한다.

여섯째, 전쟁이 일어나면 릴리퍼트의 편이 되어 싸워야 한다.

일곱째, 여유가 있을 때 사람들을 도와서 큰 돌을 옮겨 주거나 공장, 왕궁 등을 짓는 데 도움을 주어야 한다.

여덟째, 두 달 안에 해변을 한 바퀴 돌아 발자국 수를 계산하여 릴리퍼트의 넓이를 조사하여 보고하라.

마지막으로, '산 같은 사람'은 위의 모든 약속을 빠짐없이 지키겠다고 맹세하여야 한다. 그 대가로 릴리퍼트 국민 1,724명을 먹일 수 있는 충분한 고기와 마실 것을 날마다 받게

될 것이며, 그 밖에 많은 친절과 은혜를 받게
될 것이다.

나는 약속을 모두 지키겠다고 맹세했습니다.

릴리퍼트의 문제

   릴리퍼트 사람들은 도둑질보다 사기를 더 큰 범죄로 여겼습니다. 도둑은 물건을 잘 간수하면 막을 수 있지만, 거짓말로 남을 속이려는 사람은 막기 어렵기 때문입니다.

   사람을 뽑을 때도 뛰어난 능력보다는 착한 마음을 더 중요하게 생각했습니다. 뛰어난 능력을 가진 사람이 나쁜 마음을 먹고 자기의 능력을 잘못 사용할 때보다, 착한 마음을 가진 사람이 능력이 부족해 실수를 하는 경우가 나라 전체로 보았을 때 피해가 더 적다고 생각했습니다. 이러한 모습을 보고 나는 릴리퍼트가 평화로운 나라라고 생각했습니다. 하지만 릴리퍼트에도 문제가 있었습니다.

자유의 몸이 된 지 2주일이 지난 어느 날이었습니다. 릴리퍼트의 비서실장으로 있는 렐드레살이 찾아와 릴리퍼트의 문제에 대해 이야기했습니다.

"릴리퍼트에는 두 가지 문제가 있습니다. 안으로는 당쟁이고, 밖으로는 적이 쳐들어올 것을 염려해야 하는 것입니다. 70개월 이상 이어지고 있는 당쟁은 높은 굽을 신는 사람과 낮은 굽을 신는 사람들 사이에서 일어났습니다. 오랫동안 높은 굽을 신는 트라멕산 파가 나라를 이끌어 왔습니다. 하지만 지금의 국왕은 낮은 굽을 신고, 낮은 굽을 신는 슬라멕산 파의 사람들을 많이 뽑아 썼습니다. 두 파는 사이가 굉장히 안 좋아서 말도 건네지 않고 밥도 같이 먹지 않습니다. 그런데 문제는, 다음 임금의 자리에 오를 왕자는 국왕과 달리 높은 굽을 따르려 한다는 것입니다. 왕자는 현재 오른쪽과 왼쪽 굽이 서로 다른 구두를 신고 절룩이고 있습니다."

"그렇군요."

"두 번째 문제는 블레퍼스크와의 싸움입니다. 블레퍼스크는 우리와 비슷한 크기의 영토와 힘을 가지고 있습니다. 블레퍼스크와 우리는 지금 전쟁 중입니다."

"릴리퍼트가 전쟁 중이라니, 전혀 몰랐습니다."

"전쟁은 달걀을 먹는 방법에서 시작되었습니다. 우리는 오랫동안 달걀을 깰 때 달걀의 넓은 부분을 깼습니다. 그런데 지금 국왕의 할아버지께서 소년이었던 시절, 달걀을 넓은 부분으로 깨다가 손을 베는 사건이 있었습니다. 때문에 당시 국왕께서 달걀을 뾰족한 부분으로 깨도록 새 법을 만들었습니다. 오래도록 넓은 부분으로 달걀을 깨 먹던 국민들은 뾰족한 부분으로 달걀을 깨 먹는

법이 못마땅했습니다. 그래서 많은 국민들이 난리를 일으켰습니다."

"난리라고요?"

"네. 난리를 일으킨 사람들은 주로 블레퍼스크 왕의 조종을 받은 사람들이었습니다. 때문에 난리가 끝나자 블레퍼스크로 도망을 쳤습니다. 블레퍼스크로 도망친 사람들은 그곳 국왕으로부터 좋은 대우를 받았습니다. 그리고 릴리퍼트에 남아 있는 달걀을 넓은 방향으로 깨는 사람들에게 영향을 미치고 있습니다. 이런 이유로 릴리퍼트와 블레퍼스크는 점점 사이가 안 좋아졌고, 결국 36개월 전에 전쟁이 일어나 지금까지 이어져 오고 있는 것입니다."

나는 비서실장 렐드레살의 이야기를 빠짐없이 잘 들어 주었습니다. 한참을 얘기하던 그는 마지막으로 나를 찾아온 목적에 대해 이야기했습니다.

"국왕께서는 릴리퍼트의 문제를 해결하기 위해 당신의 도움이 필요하다고 했습니다."

"내 도움이 필요하다면 도와야지요. 하지만 나는 다른 나라에서 온 사람이기 때문에 이 나라 안의 문제에는 끼어들 수 없습니다. 내게 은혜를 베풀어 준 릴리퍼트를 위해서라면 어떻게든 돕고 싶습니다. 그러니 다른 나라와의 싸움 문제는 기꺼이 돕겠습니다."

나의 말에 렌드레살은 만족스러워했습니다. 그러면서 아주 재미있는 이야기를 해 주었습니다.

릴리퍼트의 역사는 무려 6천 개월이나 되었지만 역사책 어디에도 릴리퍼트와 블레퍼스크 외의 다른 나라는 등장하지 않는다는 것이었습니다.

그래서 세상에 오직 소인들만 있다고 믿는 릴리퍼트 사람들은 나를 우주나 하늘에서 떨어진 이상한 존재로 생각한다는 것이었습니다.

걸리버의 명예와 위기

블레퍼스크는 릴리퍼트 북동쪽에 있는 섬으로, 릴리퍼트와는 8백 미터 정도의 바다를 사이에 두고 떨어져 있었습니다. 나는 블레퍼스크에 내 모습을 들키지 않기 위해 해안가에 드러누워 망원경으로 블레퍼스크 항구를 살펴보았습니다. 항구에는 50여 척의 군함이 있었습니다.

나는 쇠줄 세 개를 한 묶음으로 꼬아서 튼튼한 쇠줄을 만들었습니다. 쇠막대도 끝을 구부려 갈고리로 만들었습니다. 이렇게 만들어진 쇠줄 50개에 갈고리 50개를 연결한 후 블레퍼스크로 향했습니다.

발이 닿지 않는 곳에서는 헤엄을 치고, 발이 닿는 곳에서는 성큼성큼 걸어서 30분 만에 블레퍼스크의 항구에 도착했습니다.

"괴, 괴물이다!"

군인들은 나를 보고 놀라 소리쳤습니다. 기절하는 군인도 있었고, 배에서 뛰어내리는 군인도 있었습니다.

나는 갈고리를 각각의 군함에 걸기 시작했습니다. 그런데 얼마 후 수천 개의 화살이 날아왔습니다. 나는 눈을 보호하기 위해 서둘러 비밀주머니에 있던 안경을 꺼내어 썼습니다.

50개의 군함에 갈고리를 모두 건 후 갈고리 끝에 연결된 쇠줄을 끌어당기기 시작했습니다. 하지만 닻이 내려져 있었기 때문에 끌기가 쉽지 않았습니다. 나는 미리 준비해 두었던 칼을 꺼내어 닻을 끊기 시작했습니다. 그러는 동안 내 얼굴과 몸에 수백 발의 화살이 날아와 박혔습니다.

닻을 모두 끊자 군함은 쉽게 움직였습니다. 나는 화살 따위는 신경 쓰지 않고 군함을 끌고 릴리퍼트로 향했습니다.

국왕은 매우 기뻐하며 말했습니다.

"자네는 이제 이 나라의 가장 훌륭한 국민이 되었네. 다음에는 블레퍼스크의 모든 배를 끌고 오게."

국왕은 나의 힘을 빌려 블레퍼스크를 손안에 넣

고 싶어 했습니다. 하지만 나는 다른 나라를 무릎 꿇게 하는 데 도움을 주고 싶지는 않았습니다. 나중에 알게 된 것이지만, 국왕의 이 부탁을 거절한 일이 나를 위험한 상황에 이르게 하는 시작이 되었습니다.

블레퍼스크의 군함을 끌고 온 지 3주일 후, 블레퍼스크에서 릴리퍼트로 사절단을 보냈습니다. 그들은 릴리퍼트 국왕에게 평화를 부탁하였습니다.

릴리퍼트 국왕은 평화를 약속하는 글을 릴리퍼트 글로 쓰도록 했습니다. 릴리퍼트와 블레퍼스크는 서로 다른 언어를 사용하고 있었습니다. 따라서 평화를 약속하는 글을 릴리퍼트 글로 쓴다는 것은 블레퍼스크가 릴리퍼트에게 무릎을 꿇는 것이나 마찬가지였습니다.

나는 두 나라의 약속을 거들며 블레퍼스크가 너

무 불리하지 않도록 도움을 주었습니다. 블레퍼스크에서 온 사절단은 내 도움에 감사를 표하며, 나를 블레퍼스크로 초대했습니다. 나는 여행하는 것이 꿈이었으므로, 어떤 곳이든 가 보고 싶었습니다.

"폐하, 두 나라 사이에 평화를 약속하였으니, 제가 블레퍼스크에 가 봐도 괜찮겠습니까?"

"블레퍼스크로 간다고?"

국왕은 조금 놀라는 눈치였지만 허락해 주었습니다.

내가 릴리퍼트를 떠나기 전날 밤, 대신 한 명이 몰래 찾아와 나에 대한 음모를 말해 주었습니다.

"당신이 우리나라에 도착했을 때부터 당신을 싫어했던 해군 사령관과 대신들이 당신에게 다음과 같은 죄가 있다고 했습니다."

"죄라니요?"

"국왕께서 블레퍼스크의 나머지 배를 가져오라고 했는데 안 가져온 것, 평화를 약속할 때 블레퍼스크를 도와준 것, 블레퍼스크를 방문하고 싶다고 한 것 등입니다. 재무대신은 당신의 생활비가 너무 많이 들어서 나라의 창고가 바닥날 지경이라고 했습니다. 국왕 또한 블레퍼스크를 방문하겠다는 당신을 못마땅하게 생각하고 있습니다."

"국왕께서도 말입니까?"

"네. 사흘 후 국왕은 당신 눈에 화살을 쏘아 눈을 멀게 할 것입니다. 하지만 더 큰 문제는 눈이 먼 당신에게 먹을 것을 점점 적게 주어 결국에는 굶어 죽게 할 거라는 것입니다. 그러니 늦기 전에 이 나라를 떠나는 것이 좋을 것 같습니다."

희망의 작은 배

　나는 너무 화가 났습니다. 당장이라도 성을 밟아 버리고 싶었지만, 나를 아끼는 릴리퍼트 사람들을 생각해 참기로 했습니다.

　다음 날 나는 친구인 비서실장에게, 왕의 허락을 받았으니 블레퍼스크로 간다는 편지를 보냈습니다.

"잘 왔습니다. 환영합니다."

블레퍼스크의 국왕과 왕비는 나를 친절하게 맞아 주었습니다. 대신들 또한 반갑게 맞아 주었습니다. 통역하는 사람을 곁에 두게 하여 말도 잘 통하게 했습니다.

블레퍼스크에 온 지 3일째 되던 날, 나는 바다에 산책을 나갔다가 해안에서 멀리 떨어진 곳에 뒤집힌 배를 보았습니다.

나는 블레퍼스크 국왕의 허락을 받아 커다란 군함 20척과 군사 3천 명을 얻어 바다로 갔습니다. 작은 배는 파도 때문에 블레퍼스크 쪽으로 밀려오고 있었습니다.

나는 군함에 줄을 연결하고 작은 배를 향해 헤엄쳤습니다. 발이 땅에 닿지 않았기 때문에 온 힘을 다해 헤엄치면서 군함에 연결된 줄을 작은 배에 묶었습니다.

20척의 군함은 작은 배를 끌어당기기 시작했습니다. 나도 헤엄치면서 작은 배를 밀었습니다. 무사히 바닷가에 도착해 보니 작은 배는 다행히 부서진 곳이 없었습니다.

나는 너무 기뻤습니다. 드디어 고향으로 돌아갈 수 있게 된 것입니다.

나는 작은 배를 햇볕에 잘 말리고, 노를 만들었습니다.

"자네가 노를 만드는 동안 릴리퍼트에서 자네의 죄에 대해 적은 글을 보내왔네. 자네를 릴리퍼트로 돌려보내라는 글과 함께 말이야."

"저는 죄가 없습니다."

"알고 있네. 그래서 자네를 강제로 묶거나 쓰러지게 할 능력이 없으므로 릴리퍼트 국왕의 말을 따를 수 없다고 답장을 보냈네.”

“고맙습니다. 폐하!”

“고향으로 가지 않고 이곳에서 살 수는 없겠
나?”

“폐하, 저에게는 가족이 있습니다. 가족들 곁으
로 돌아가고 싶습니다. 저와 같은 크기의 사람들
과 함께 어울려 살고 싶습니다.”

“그래. 자네의 뜻이 그렇다면 더 이상 붙잡지 않
겠네. 필요한 것이 있으면 언제든 말하게. 도와주
겠네.”

나는 500명의 사람들과 함께 두 개의 돛을 만들
었습니다. 작은 배가 물에 쉽게 젖지 않도록 300
마리 소에서 기름을 짜내 작은 배에 바르고, 닻으
로 사용할 커다란 돌멩이도 구했습니다.

나는 한 달 만에 바다로 나갈 준비를 마쳤습니

다. 국왕은 많은 양의 고기를 양념하여 나에게 주었고, 많은 빵과 포도주도 주었습니다. 블레퍼스크의 금화가 잔뜩 들어 있는 50개의 주머니도 주었고, 살아 있는 소와 양도 몇 마리 가져갈 수 있게 해 주었습니다.

1701년 9월 24일 아침 여섯 시, 나는 블레퍼스크 사람들의 인사를 받으며 바다 멀리 노를 저어 갔습니다. 그리고 26일, 드디어 나와 같은 크기의 사람들이 탄 배를 발견하였습니다.

1702년 4월 13일 나는 영국에 도착했습니다. 소인국에서 가지고 온 소와 양을 비싼 값에 팔아 가족들 곁으로 돌아갔습니다.

Gulliver's Travels

걸리버 여행기

거인의 나라

나의 두 번째 여행은 1702년 6월 20일 시작되었습니다. 존 니콜라스 선장이 지휘하는 어드벤처호를 타고 인도의 수라트로 향했습니다. 우리는 마실 물을 구하기 위해 희망봉에 내렸습니다. 그런데 배에 물이 새어 들어왔습니다.

배 수리는 생각보다 오래 걸려서 우리는 희망봉

에서 겨울을 나고 이듬해 3월 다시 출발했습니다.

역시 시작은 좋았지만 4월 19일이 되자 엄청난 바람이 휘몰아쳤습니다. 서쪽에서 불어오는 바람이 20여 일 동안 계속되어 우리는 동쪽으로 밀려났습니다. 바람에서 겨우 벗어났을 때는 거센 비바람을 만나 또다시 어디론가 떠밀려 갔습니다.

"걸리버, 선원들은 어떤가?"

"다행히 모두 무사합니다. 그런데 여기가 어디입니까?"

"모르겠네. 비바람 때문에 너무 많이 떠밀려 온 것 같네."

길을 잃은 우리는 선장의 지시에 따라 육지를 찾아 항해를 계속했습니다. 그리고 1703년 6월 16일 드디어 섬을 발견했습니다.

선장은 작은 배를 띄워 선원 몇을 섬에 보냈습

니다. 나도 땅을 밟고 싶어서 선원들과 함께 섬으로 향했습니다.

선원들은 물을 찾으로 갔고, 나는 선원들과 다른 방향으로 혼자 걸어갔습니다.

그런데 잠시 뒤 나는 깜짝 놀라 주저앉았습니다. 함께 왔던 선원들이 커다란 괴물에게 쫓기고 있었던 것입니다. 다행히 괴물과의 거리가 멀어서 선원들은 무사히 어드벤처 호까지 갈 수 있을 것 같았습니다. 하지만 나는 괴물이 버티고 있는 그곳으로 돌아갈 수 없었습니다.

나는 뒤돌아 도망쳤습니다. 한참을 달리다 보니 언덕 아래 넓은 보리밭이 나타났습니다. 그런데 웬일일까요? 보리의 크기가 무려 12미터나 되는 것이었습니다.

"지진인가, 어떻게 하지?"

땅이 울리는 소리에 나는 지진이 난 줄 알았습니다. 어디로 피해야 하나 주위를 두리번거리고 있자니, 그것은 지진이 아니라 커다란 괴물의 발소리였습니다. 나는 보리밭에 숨어 괴물을 올려다보았습니다. 괴물은 허리를 숙여 무언가를 하고 있었습니다. 자세히 보니 그것은 괴물이 아니라 거인이었습니다.

나는 다리가 후들후들 떨렸습니다. 거인은 커다란 낫을 들고 보리를 베며 내 쪽으로 다가오고 있었습니다.

나는 있는 힘을 다해 도망쳤습니다. 가족들의 얼굴이 떠올랐습니다. 소인국 사람들도 떠올랐습니다. 그들도 나를 보고 지금의 나와 같은 기분을 느꼈을 것입니다. 그들에게 나는 거인이었고, 두려운 존재였을 것입니다.

결국 나는 거인의 손에 붙잡히고 말았습니다.

"살려 주세요. 살려 주세요."

나는 두 손을 싹싹 빌었습니다.

그는 나를 주인에게 데려갔습니다. 주인은 나를 요리조리 살폈습니다. 마치 곤충의 날개를 들춰 보기라도 하듯, 내 웃옷을 들춰 보기도 했습니다. 그들은 무어라 얘기했지만 나는 알아들을 수가 없었습니다. 그들 또한 내 말을 알아듣지 못하는 것 같았습니다. 그들은 나를 식당으로 데려갔습니다.

주인아주머니는 고기를 작게 잘라 나에게 주었습니다. 하녀는 가장 작은 컵을 나에게 주었지만, 그 컵은 물을 9리터나 담을 수 있는 큰 것이었습니다. 나는 두 손을 사용해 겨우 컵을 들었습니다. 그리고 영국에서 하듯이 잔을 들고 소리쳤습니다.

"그대의 건강과 행복을 위하여!"

순간 나는 귀가 머는 줄 알았습니다. 식탁에 둘러앉아 있던 사람들이 웃음을 터뜨렸기 때문입니다. 그들은 단지 웃었을 뿐인데, 나에게는 정말 커다란 천둥소리 같았습니다.

식사가 끝난 후 나는 주인의 방으로 갔습니다. 방에는 높이 8미터에 길이가 20미터나 되는 커다란 침대가 놓여 있었습니다. 지치고 힘들었던 나는 침대에 눕자 금세 잠이 들었습니다.

"여보, 여보!"

가족들 꿈을 꾸던 나는 소리를 지르며 잠에서 깼습니다. 그때 어디선가 이상한 소리가 들려왔습니다. 주위를 둘러보니 커다란 쥐 두 마리가 커튼을 타고 침대로 내려오고 있었습니다.

"살려 주세요. 살려 주세요!"

나는 있는 힘껏 소리쳤지만 아무도 듣지 못했습니다.

나는 정신을 바짝 차리고 칼을 뽑아 들었습니다. 그리고 쥐가 다가오는 순간 칼을 휘둘렀습니다. 쥐는 피를 흘리며 쓰러졌습니다. 그 모습을 보고 다른 쥐는 후닥닥 달아났습니다. 나는 쥐의 발톱에 어깨를 다쳐 피를 흘렸습니다.

얼마 후 주인아주머니는 피투성이가 된 내 모습을 보고 깜짝 놀랐습니다. 주인은 다시는 쥐들이 나를 공격하지 못하도록 나를 조그만 장식장에 넣어서 선반에 올려놓았습니다.

구경거리

거인의 나라에서 사는 것은 어려운 일이었습니다. 언제 달려들지 모르는 쥐도 그렇고, 영국의 황소보다 세 배나 큰 고양이가 집 안을 돌아다니는 것도 정말 무서웠습니다. 내가 이 무시무시한 거인의 나라에서 버틸 수 있었던 것은 주인의 아홉 살 난 딸 덕분이었습니다.

"이제부터 너를 글리드릭이라고 부를게."

소녀는 나에게 '소인'이라는 뜻의 글리드릭이라는 이름을 지어 주었습니다. 나는 소녀를 글룸달클리치라고 불렀습니다. 그것은 '꼬마 유모'라는 뜻이었습니다.

"이 옷 어때, 마음에 들어?"

인형 옷을 잘 만드는 글룸달클리치는 내 옷도

잘 만들어 주었습니다. 폭신한 침대도 베개도 모두 글룸달클리치가 만들어 주었습니다.

글룸달클리치는 말도 가르쳐 주었습니다. 그래서 거인들의 나라 이름이 브롭딩낵이라는 것도 알게 되었습니다.

나에 대한 소문은 마을 전체로 퍼져 나갔습니다. 거인들은 나를 사람으로 생각하지 않았습니다. 거인들은 나를 '스플락넉'이라고 생각하고 있었습니다.

스플락넉은 거인들 나라에만 사는 동물로, 길이가 180센티미터 정도였으며 사람 흉내를 낼 수 있고 자신들의 말도 가지고 있다고 했습니다. 또한 거인들의 말도 잘 듣고, 두 발로 걸을 수도 있다고 했습니다. 때문에 그곳 사람들은 나를 사람 흉내를 내는 스플락넉이라고 생각했던 것입니다.

어느 날, 주인의 친구가 찾아왔습니다. 나는 평소대로 식탁에 올라가 주인의 친구를 향해 거인들의 말로 인사를 했습니다. 주인이 시키는 대로 칼을 뽑아서 몇 번 휘두르다 칼집에 넣기도 했습니다.

"참 좋은 구경거리야. 함께 전국을 돌아다니면 돈벌이가 되겠는걸."

다음 날부터 나는 사람들의 구경거리가 되어 이곳저곳을 돌아다녀야 했습니다. 글룸달클리치도 내가 걱정되어 항상 나를 따라다녔습니다.

많은 사람들이 나를 보러 왔습니다. 나는 거인들의 말로 환영한다는 인사를 하고, 영국의 기사들처럼 칼을 뽑아 휘두르는 등 여러 가지 재주를 부렸습니다. 돈을 벌기 시작한 주인은 점점 욕심이 커져서, 가장 큰 도시로 나를 데려갔습니다.

그리고 마침내 1703년 10월 26일 '우주의 자랑' 이라는 뜻을 가진 수도 로브럴그라드까에 가게 되었습니다. 수도에서 나는 하루에 열 번이나 재주를 부려야 했습니다.

"아빠, 그만하세요. 글리드릭이 밥도 제대로 먹지 못한단 말이에요."

"원래 저렇게 작은 동물들은 오래 살지 못하는 법이야."

주인은 내가 곧 죽게 될 거라고 생각했습니다. 그래서 한 번이라도 더 공연을 열어 돈을 조금이라도 더 벌려고 했습니다.

그러던 어느 날, 나는 왕궁에 가게 되었습니다. 내 공연을 본 몇몇 시녀들이 왕비에게 나에 대한 이야기를 했던 것입니다.

"글리드릭을 내게 팔게나. 금화 천 개면 되겠는

가?"

왕비는 나를 곁에 두고 싶어 했습니다.

내가 얼마 살지 못할 것이라고 생각한 주인은 왕비에게 금화 천 개를 받고 나를 팔아 버렸습니다.

나는 왕비에게 글룸달클리치가 나를 보살피게 해 달라고 부탁했습니다. 왕비는 그렇게 해도 좋다고 허락했습니다.

글룸달클리치는 나와 함께 있게 된 것을 기뻐했습니다. 주인 또한 자신의 딸이 왕궁에서 생활하게 된 것을 좋아했습니다.

왕비는 나를 왕에게 데려갔습니다.

"스플락넉인가?"

"아닙니다, 폐하. 저는 사람입니다."

"사람같이 생긴 태엽 인형이 아니고?"

"아닙니다. 저는 항해를 하다 비바람을 만나 거인국에 오게 된 사람입니다."

왕은 내가 하는 이야기를 듣고, 주인이 나를 팔아먹기 위해 꾸며 낸 말이라고 했습니다.

왕은 학자들까지 불러왔습니다. 세 명의 뛰어난 학자들은 나를 관찰하기 시작했습니다.

"이건 육식동물입니다. 하지만 몸이 작으므로 잡아먹을 수 있는 동물은 달팽이나 곤충 정도일 것입니다.”

나는 아니라고 했지만 학자들은 내 말을 귀담아 듣지 않았습니다. 결국 그들이 내린 결론은 내가 자연의 장난에 의해 생겨났다는 것이었습니다. 나는 가만있을 수 없었습니다.

“폐하, 저는 자연의 장난에 의해 생겨난 것이 아닙니다. 제가 사는 나라에는 저 같은 크기의 사람들이 살고 있고, 동물과 식물들 또한 같은 비율로 작습니다. 저는 그저 브롭딩낵 사람들보다 작은 나라의 사람입니다.”

현명한 왕은 내 말을 조금 믿어 주는 것 같았습니다.

거인 왕궁에서의 위험한 경험

나는 왕궁에서 잘 지냈습니다. 글룸달클리치 또한 훌륭한 가정교사로부터 교육을 받았습니다.

글룸달클리치는 내가 어디를 가든 항상 함께하며 나를 안전하게 보살피려고 노력했습니다. 하지만 글룸달클리치의 보살핌에도 나는 몇 번의 위험한 순간이 있었습니다.

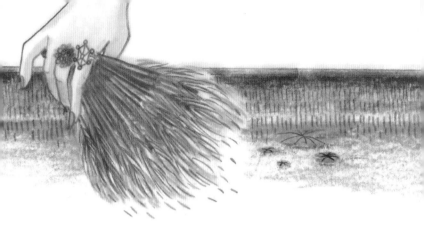

　왕비에게는 아끼는 난쟁이가 있었습니다. 난쟁이의 키는 10미터가 채 되지 않았으며, 거인 나라에서 가장 키가 작았습니다.

　난쟁이는 자기보다 작은 나를 자꾸만 못살게 굴었습니다. 내가 귀족들과 식사를 하고 있으면 일부러 팔을 휘저으며 내 곁을 지나갔습니다.

　"봐 봐, 내가 얼마나 큰지 보이지?"

　라고 말을 하기도 하고,

　"그렇게 작아서 어떻게 살 거야? 거미줄에 걸려

먹이가 되는 거 아니야?"

라며 놀리기도 했습니다.

그때마다 난 기죽지 않고 당당하게 맞섰습니다. 그런 내 모습에 난쟁이는 화를 냈습니다.

그러던 어느 날, 난쟁이는 더 이상 화를 참지 못하고 나를 크림 그릇에 던져 버렸습니다.

"사람 살려! 사람 살려!"

난쟁이한테는 작은 크림 그릇이었지만 나는 호수에 빠진 것 같았습니다. 수영을 하지 못했다면 나는 그대로 빠져 죽고 말았을 것입니다.

그것을 안 왕비는 화를 내며 난쟁이를 다시는 왕궁에 오지 못하게 했습니다.

왕비는 내가 바다를 항해하다 이곳까지 오게 되었다는 이야기를 듣고 배를 만들어 주었습니다. 뿐만 아니라 배가 떠다닐 수 있도록 길이 90미터, 너비 15미터, 높이 240센티미터 정도의 커다란 나무통을 만들어 물을 채워 주었습니다.

내가 돛을 세우면 시녀들이 부채질을 해서 바람을 일으켜 주었습니다. 배는 노를 저으면 뱅글뱅글 돌기도 하고, 앞으로 뒤로 움직이기도 했습니다.

어느 날이었습니다. 여느 때처럼 뱃놀이를 시작하려고 가정교사가 나를 들어 올렸습니다.

"으악!"

순간 나는 발을 헛디뎌 그녀의 손가락 사이로 미끄러졌습니다. 가정교사의 옷에 달린 꽃 장식을 붙잡지 않았다면 나는 그대로 땅바닥에 떨어졌을 것입니다.

  무엇보다 가장 위험했던 순간은 나 혼자 큰 상자에 있을 때 일어났습니다. 글룸달클리치가 나를 보호하기 위해 상자의 자물쇠를 잠가 놓기는 했지만, 날이 더워 창문은 모두 열려 있었습니다.

  쉬고 있는데 어디선가 이상한 소리가 들려왔습니다. 창문으로 달려가 보니 식당에서 일하는 사람이 기르던 원숭이가 담벼락을 타고 올라와 있었습니다.

  원숭이는 상자의 창문을 통해 나를 바라보았습니다. 나는 상자 구석으로 이리저리 피했지만 원숭이는 손을 뻗어 나를 낚아챘습니다.

그 순간 글룸달클리치가 문을 열고 들어왔습니다.

"글리드릭!"

내 모습을 본 글룸달클리치는 소리를 질렀고, 원숭이는 나를 한 손에 쥐고 창문 밖으로 뛰어 나갔습니다.

원숭이는 나를 지붕 위로 데려갔습니다. 마치 새끼 대하듯 나에게 젖을 먹이려고 했고, 음식을 먹이려고도 했습니다.

"빨리 글리드릭을 내려놔. 어서!"

글룸달클리치와 시녀들이 계속해서 소리쳤습니다.

"빨리 내려놔. 안 그러면 혼난다!"

원숭이는 식당에서 일하는 자신의 주인 얼굴을 보자 나를 지붕 위에 떨어뜨리고 후닥닥 도망쳤습니다.

　원숭이 손아귀에 붙잡혀 고생을 한 나는 며칠
동안 끙끙 앓아누웠습니다.

국왕과의 대화

　국왕은 일주일에 두 번씩 면도를 하였습니다. 나는 면도사에게 부탁하여 국왕의 수염을 모았습니다. 시녀들에게 부탁하여 왕비의 머리카락도 모았습니다.

　나는 국왕의 수염으로 빗을 만들고, 왕비의 머리카락으로는 의자를 만들었습니다. 궁중의 사람들은 이런 내 모습을 보고 즐거워했습니다.

나는 국왕과 많은 이야기를 나누고 싶었습니다. 그래서 국왕에게 내가 음악을 좋아한다는 것을 보여 주고 싶었습니다.

"폐하, 제가 저 건반악기를 연주해 보겠습니다."

"네가 악기를 연주한다고?"

"예, 폐하."

거인국의 건반악기는 무척이나 컸습니다. 건반 하나의 크기가 30센티미터에 전체 길이는 18미터나 되었습니다. 때문에 나는 끝이 둥근 막대 두 개를 준비하여 의자 위를 뛰어다니며 영국의 음악을 연주하였습니다.

물론 커다란 소리에 내 귀가 멀지 않도록, 연주하기 전 귀에 솜을 단단히 틀어막았습니다.

"오, 놀랍구나! 교양 있는 사람만이 음악을 연주

할 수 있는데, 너 또한 음악을 알다니!"

연주를 듣고 나서부터 왕은 나에게 많은 관심을
보이기 시작했습니다. 내가 살던 영국에 대해서
도 물어 보고, 법은 누가 만들며 귀족들은 무슨 일
을 하는지, 판사와 변호사들이 법을 나쁘게 사용
하고 있지는 않은지 등 많은 질문을 했습니다.

나는 대답으로 지난 100년 동안 있었던 영국의
역사에 대해 이야기했습니다.

그러자 국왕은 고개를 저으며 나를 불쌍하게 쳐다보았습니다.

　"자네가 자랑스러워하는 모든 것이 자랑스러운 것은 아니야. 그대는 나에게 귀족은 어질고 너그러워야 한다고 했는데, 자네가 말한 역사를 들어 보면 그렇지 않네. 귀족들은 욕심 때문에 나쁜 짓을 저질렀고, 종교인 또한 학식과 지혜보다 권력에 눈이 멀었네. 재판관 또한 정직하지 못하며, 국민의 대표라는 의원들은 결코 국민의 편이 아니네. 그대의 나라는 온통 거짓과 반란, 욕심과 전쟁 등으로 역사를 이어 왔네."

　국왕은 내 나라를 아주 못된 나라라며 무시했습니다. 나는 기분이 상했지만 참았습니다. 국왕의 사랑을 받아야 국왕과 많은 대화를 할 수 있고, 좀 더 빨리 자유를 찾을 수 있을 것 같았기 때문입니다.

나는 발명품을 좋아하는 국왕을 위해 화약 만드는 법에 대해 이야기했습니다.

"화약은 아주 놀라운 것입니다. 화약 가루에 작은 불길만 닿아도 천둥 같은 소리와 함께 커다란 불길이 솟습니다. 영국에서는 이런 화약을 이용해 총도 쏘고, 포탄도 쏩니다. 큰 포탄은 성벽도 무너뜨릴 수 있습니다. 전쟁이 났을 때 이러한 포탄을 쏘면 적을 금세 해치울 수 있습니다. 포탄의 부서진 조각이 사방으로 튀어 주위에 있던 사람들이 피를 흘리며 죽게 됩니다."

"그만하여라. 너희 벌레들은 정말 잔인하구나. 어찌 너희 같은 작은 벌레들이 그렇게 무서운 물건을 만들 생각을 했단 말이냐. 더욱이 그렇게 잔인한 말을 하면서도 너는 조금도 죄책감 같은 것이 없구나. 목숨이 아깝거든 다시는 이런 이야기를 꺼내지 말도록 하여라."

왕은 불같이 화를 내고 나가 버렸습니다.

나는 그 후로 왕 앞에서 말을 조심하였습니다. 브롭딩낵 말고 다른 나라는 없다고 생각하는 국왕에게, 다른 나라와 싸우고 경쟁하는 영국은 이해할 수 없는 이상한 곳이었습니다.

하지만 브롭딩낵에도 군인은 있었습니다. 전쟁을 벌일 나라는 없었지만 질병, 귀족들의 다툼, 왕에 대한 불만 등을 다스리기 위해 군인이 있어야 했던 것입니다.

독수리에게 잡히다

나는 거인국에서 할 수 있는 일이 별로 없었습니다. 먹고 쉬고 여행하고 자유롭게 돌아다닐 수 있었지만, 늘 고향으로 돌아가고 싶었습니다.

그런 뜻을 이야기하면 왕은 나를 달랬습니다.

"고향으로 돌아갈 생각은 그만하고, 여기서 살지 않겠나? 자네와 같은 크기의 사람을 만나 아이를 낳고 살게. 내가 잘 돌봐 줄 테니."

"아닙니다, 폐하. 저에게는 이미 가족이 있고, 저와 같은 사람들과 어울려 살고 싶습니다."

나는 결코 내 아이들을 거인국에서 장난감처럼 기르고 싶지 않았습니다. 하지만 고향으로 돌아가는 길은 쉽게 찾을 수 없었습니다.

하루하루 고향을 그리며 산 지 어느덧 3년이 되었습니다. 나는 국왕을 따라 남쪽 바닷가를 돌아보게 되었습니다.

해안을 돌아 보는 동안 나는 가벼운 감기에 걸렸고, 글룸달클리치는 몸살이 났습니다.

"글룸달클리치, 신선한 공기를 마시고 싶어. 바닷바람을 맞으면 좀 괜찮을 것 같아."

"나는 몸이 아파서 바닷가에 나갈 수가 없어. 나 없이 혼자 가겠다고?"

"괜찮아. 시녀가 안전하게 돌봐 줄 거야."

몸이 아파 같이 갈 수 없는 글룸달클리치는 나를 보내려 하지 않았습니다. 혹시라도 나쁜 일이 생길까 봐 걱정했습니다. 하지만 내가 계속 조르자 허락하였습니다.

문득 시녀와 함께 바다로 갔습니다. 성에서 30분 거리에 있는 바닷가에 도착하자 시녀는 여행 상자를 내려놓았습니다.

문득 가족과 친구들이 보고 싶었습니다. 나는 흔들 침대에 누워 눈을 감았습니다.

그런데 갑자기 여행 상자의 문고리를 누군가 세차게 잡아당겼습니다. 커다란 날개가 휘휘 바람을 치는 소리가 들렸습니다. 창문을 내다보니 커다란 독수리였습니다. 독수리는 여행 상자를 움켜쥐고 날고 있었습니다.

잠시 후 날갯짓이 굉장히 빨라졌습니다. 독수리가 먹이를 빼앗으려는 다른 독수리와 싸우고 있었습니다.

나는 흔들침대에 납작 엎드렸습니다. 상자는 위아래로 마구 흔들렸습니다. 그러더니 갑자기 아래로 곤두박질하기 시작했습니다.

여행 상자 바닥에는 두꺼운 철판이 깔려 있었기 때문에 떨어질 때 무거운 바닥면이 아래로 떨어졌습니다.

나는 지붕에 달린 창문을 열었습니다. 바닷바람이 들어왔습니다. 정신을 차리고 상자를 둘러봤습니다. 다행히 상자는 부서진 곳이 없었습니다. 창문도 강한 창살 덕분에 깨지지 않았습니다.

"거센 파도만 몰아치지 않는다면 상자를 배처럼 타고 바다를 흘러 다닐 수 있을 거야. 하지만 먹을 것이 없으니 오래 버티지는 못하겠지. 빨리 누군가에게 발견되어야 하는데. 그렇지 않으면 나는 상자 안에서 굶어 죽게 될 거야. 아아, 이러다 사랑하는 가족들을 영영 못 보는 것은 아닐까……."

글룸달클리치와 고향의 가족들을 생각하며 네 시간쯤 떠돌고 있을 때, 상자가 어디론가 끌려가는 느낌이 들었습니다.

나는 바닥에 박아 놓은 의자 위에 올라갔습니다. 평소 가지고 다니던 지팡이에 손수건을 매달아 지붕에 뚫린 창문 밖으로 휘저었습니다. 내가 아는 모든 나라의 말로 살려 달라고 외쳤습니다.

한참 뒤 상자는 들어 올려졌습니다. 나는 나와 같은 크기의 사람들에게 구조되었습니다.

하지만 처음에는 그들이 너무 작아 보였습니다. 모든 것이 낯설었습니다.

나는 나를 구해 준 선장에게 그동안 겪은 이야기를 했습니다. 물론 선장은 믿지 않았습니다. 그래서 나는 상자 안 장식장 속에 넣어 둔 거인국 국왕의 수염으로 만든 빗과 거인의 나라 곡식의 속을 파서 만든 컵도 보여 주었습니다.

시종의 이빨을 보여 주자 선장은 그제야 내 말을 믿게 되었습니다. 그래서 나는 그 이빨을 선장에게 선물로 주었습니다.

1706년 7월 3일, 나는 드디어 영국에 도착했습니다.

하늘을 나는 섬나라 여행

Gulliver's Travels

걸리버 여행기

하늘에서 내려온 섬

집에 돌아온 지 10일도 되기 전, 예전에 함께 항해를 했던 선장이 나를 찾아왔습니다. 두 달 후에 동인도로 항해할 예정이니 함께 가자는 것이었습니다. 나와 함께할 보조 의사도 두고, 월급도 두 배로 주겠다고 했습니다. 그동안 많은 어려움을 겪었음에도 불구하고 나는 또다시 여행의 꿈을

꾸게 되었습니다.

1706년 8월 5일 우리는 항해를 시작했습니다. 그리고 1707년 4월 11일 세인트조지 항구에 도착했습니다. 그곳에서 3주 동안 쉬었다가 베트남 북부의 통킹으로 향했습니다.

잘 나가던 항해는 통킹에서 멈추고 말았습니다. 선장이 구하려고 했던 물건이 준비되지 않아 몇 달간 그곳에 머물러야 했습니다.

선장은 내게 중간 크기의 배를 사 줄 테니 가까운 섬을 돌며 물건을 팔아 보라고 했습니다. 나는 그 지역의 원주민을 포함한 열네 명의 선원들과 항해를 시작했습니다. 하지만 사흘도 되기 전에 거센 폭풍을 만나고, 열흘 만에 해적들을 만나 모든 것을 빼앗기고 말았습니다. 겨우 목숨을 건지기는 했지만 나는 알 수 없는 섬에 버려지고 말았습니다.

 나는 섬에서 새알 등을 구워 먹으며 하룻밤을 보냈습니다. 그리고 다음 날, 아주 놀라운 것을 보게 되었습니다.

 갑자기 그늘이 져 하늘을 올려다보니, 그것은 구름이 아니었습니다. 망원경을 통해 본 하늘에는 섬이 날고 있었습니다!

 하늘을 나는 섬의 가장 아래쪽에서 사람들이 낚시를 하고 있었습니다.

 "여기요, 여기 사람이 있어요. 살려 주세요!"

 섬이 가까이 다가왔을 때, 나는 낡은 모자와 손수건을 흔들며 소리쳤습니다. 그들은 섬을 내 머리 부근까지 내려오게 한 뒤 의자가 달린 줄을 내려 주었습니다. 나는 의자에 앉아 하늘을 나는 섬으로 올라갔습니다.

그 사람들의 모습은 신기했습니다. 머리는 모두 오른쪽이나 왼쪽으로 기울어져 있었고, 눈도 한쪽은 얼굴 깊이 박혀 있고 나머지 한 쪽은 위로 올라가 있었습니다.

"고맙습니다. 정말 고맙습니다."

나는 여러 나라 말로 감사의 인사를 했습니다. 하지만 그들은 내 말을 알아듣지 못했습니다. 말뜻을 알아듣지 못했을 뿐 아니라 내 말을 아예 못 들은 것 같기도 했습니다.

나중에 알고 보니 그들은 자기만의 생각에 깊이 빠져드는 사람들이었습니다. 때문에 지위가 높은 사람들 곁에는 이상한 주머니를 가진 시종들이 따라다녔습니다. 시종들이 가진 주머니는 바람 주머니였습니다. 바람 주머니에는 말린 완두콩, 자갈 등이 잔뜩 들어 있었습니다. 시종들이 바

람 주머니로 머리를 깨우지 않으면 깊은 생각에 잠긴 사람들은 아무것도 보지도 듣지도 못했습니다.

왕궁에 도착했을 때 왕은 깊은 생각에 잠겨 있느라 나를 알아보지 못했습니다. 시종들이 왕의 귀와 눈, 입을 깨우자 그제야 왕은 나에게 여러 가지를 물었습니다. 나도 여러 나라 말로 나의 상황을 이야기했지만 우리는 서로 알아듣지 못했습니다.

나는 귀족 네 명과 함께 식사를 했습니다. 식탁에 차려진 음식들은 모두 정삼각형, 마름모, 원 등 수학적 도형이나 악기 모양이었습니다.

나는 하늘을 나는 섬나라 사람들의 말이 궁금해서 손으로 식탁에 차려진 음식들을 가리키며 이름을 물어 보았습니다.

식사가 끝나고 왕의 명령을 받은 사람이 나에게
말을 가르치기 시작했습니다. 며칠 동안 꾸준히
관찰하고 배워서 나는 하늘을 나는 나라의 언어
를 조금 알 수 있게 되었습니다. 그리하여 하늘을
나는 섬의 이름이 '라퓨타'라는 것도 알게 되었습
니다.

하늘을 나는 섬의 비밀

한 달이 지나는 동안 나는 하늘을 나는 나라의 말을 제법 잘할 수 있게 되었습니다. 국왕과 이런 저런 이야기를 나눌 수 있었고, 라퓨타의 비밀이 담긴 동굴을 돌아다녀도 좋다는 허락도 받았습니다.

"라퓨타의 바닥은 원형으로 되어 있지요?"

나는 가정교사와 함께 동굴로 향하며 이것저것
물었습니다.

"섬의 바닥 두께는 얼마나 됩니까?"

"섬의 맨 밑바닥은 180미터 높이의 평평한 철판
으로 이루어져 있습니다. 철판 위에 금이나 석탄
같은 몇 개의 광물들이 순서를 이루어 차곡차곡
쌓여 있고, 그 위에 3~4미터 두께의 흙이 덮여 있
지요."

"그렇군요. 그런데 섬이 어떻게 움직이는 것입
니까? 저는 그것이 가장 궁금합니다."

"지금 향하는 동굴에 가면 그 비밀을 알 수 있을
것입니다."

나는 걸음을 서둘렀습니다. 조금이라도 빨리 섬
의 비밀을 알고 싶었습니다.

가정교사는 나를 섬의 중심부까지 데려갔습니

다. 중심부에는 45미터 정도로 움푹 들어간 커다란 구덩이 같은 것이 있었습니다. 그곳은 동굴로 통하는 입구였습니다. 라퓨타의 비밀이 숨어 있는 동굴은 라퓨타의 바닥을 이루고 있는 철판 중간에 있었습니다.

동굴에는 스무 개의 램프가 켜져 있었습니다. 가정교사의 말에 의하면 이 램프의 불빛이 반사되어 동굴을 언제나 환하게 밝히고 있다고 했습니다.

동굴에는 여러 종류의 망원경과 천체관측기구가 있었으며, 천문학자들은 날마다 하늘을 보며 태양에 어떤 변화가 있는지, 혜성이 다가오지는 않는지 등을 관찰했습니다.

"이 천연 자석이 하늘을 나는 섬의 비밀입니다."

가정교사는 동굴 중심부에 있는 거대한 천연 자

석을 보여 주었습니다. 그 자석은 길이가 6미터나
되었고, 가운데 가장 굵은 부분은 3미터나 되었습
니다. 천연 자석의 중심에는 강한 쇠와 돌로 만든
축이 세워져 있어서 나침반이 움직이듯 좌우 균
형을 잡을 수 있었습니다.

"천연 자석의 한쪽은 당기는 힘이 있고, 한쪽은

밀어내는 힘이 있습니다. 때문에 아래로 내려갈 때는 당기는 쪽을 아래로 하고, 올라갈 때는 밀어내는 쪽을 아래로 하여 땅으로부터 멀어집니다."

"어떻게 그럴 수 있지요?"

"하늘을 나는 나라의 모든 영토에는 천연 자석과 자석의 힘을 주고받는 광석이 깔려 있기 때문입니다."

"그럼 하늘을 나는 나라 밖에서는 라퓨타가 제대로 움직이지 못하나요?"

"물론이지요. 라퓨타는 오직 하늘을 나는 나라의 영토 안에서만 자석의 힘으로 움직입니다. 또한 천연 자석의 힘이 미치지 못하는 6천4백 미터 이상의 높이로도 올라갈 수 없습니다."

나는 자석의 힘으로 하늘을 날 수 있다는 것이 신기했습니다.

"옆으로 움직이는 것은 어떻게 하는 것입니까?"

"자석을 비스듬히 하면 섬도 비스듬히 움직입니다. 비스듬히 올라갔다 내려갔다 하다 보면 섬이 좌우로 이동할 수 있지요."

나는 라퓨타를 멈추게 하는 법도 배웠습니다. 축을 중심으로 천연 자석을 어느 한쪽으로도 기울지 않게 하는 것이었습니다.

라퓨타에 살고 있는 하늘을 나는 나라의 국왕과 귀족들은 라퓨타를 이용해서 땅에 살고 있는 국민들을 다스리고 있었습니다. 특히 국민들이 말을 듣지 않을 때 라퓨타는 아주 중요하게 사용되었습니다.

그 방법은 도시 위에 섬을 세워 놓는 것입니다. 하루, 이틀이 아니라 한 달, 두 달 계속 있다 보면 도시는 햇빛을 받지 못하고 비도 내리지 않기 때

문에 곡식이 모두 시들고, 사람들은 배고픔과 질
병에 시달리게 되어 결국 국왕의 뜻에 따르게 된
다는 것이었습니다.

무노디 경과 이상한 도시

　라퓨타의 비밀을 알고 나니 더 이상 라퓨타에는 새로운 것이 없었습니다. 라퓨타에 사는 대부분의 사람들은 수학과 음악에만 관심이 있었고, 늘 깊은 생각에 빠져 있었기 때문에 이야기를 나눌 사람도 없었습니다.

　하루하루가 너무 지겹고 재미없어서 나는 국왕

의 가까운 친척에게 라퓨타를 떠날 수 있도록 부탁했습니다. 그는 박자를 잘 못 맞춘다는 이유로 똑똑하지 못한 사람으로 알려져 있었습니다. 하지만 내가 볼 때는 아는 것도 많고 나와 얘기도 잘 나누는, 친절하고 훌륭한 사람이었습니다.

"이것은 소개장이오. 이것을 가지고 내 친구 무노디 경을 찾아가면 친절하게 안내해 줄 것이오."

그는 단번에 국왕의 허락을 받아 주었습니다.

나는 2월 16일 소개장을 가지고 국왕이 다스리는 땅 발니바르비의 수도 라가도로 향했습니다.

무노디 경은 친절했습니다. 하지만 도시는 아주 이상했습니다. 건물은 삐뚤빼뚤하고, 짓다 만 것 같기도 하고, 무너진 것 같기도 했습니다. 사람들은 바삐 걸어다녔으며, 얼굴을 잔뜩 찌푸리고 있었습니다. 옷도 대부분 누더기 차림이었습니다.

농부로 보이는 사람들이 논밭에서 무언가 열심히 하고 있었지만, 제대로 된 곡식은 하나도 보이지 않았습니다.

하지만 무노디 경의 성이 있는 곳으로 세 시간 정도 가자 아까와는 정반대의 풍경이 펼쳐졌습니다. 밭에는 곡식들이 풍성하게 자라 있었고, 집들은 깨끗했으며, 너른 포도밭과 목장이 펼쳐졌습니다.

그의 성은 아주 아름다웠습니다. 정원도 아름답게 가꾸어져 있었습니다. 나는 모든 것이 아름답다고 말했지만, 무노디 경은 얼굴을 찌푸리며 들은 체도 하지 않았습니다.

식사가 끝나고 무노디 경과 단둘이 남게 되자 그는 비로소 입을 열었습니다.

"성이 아름답다고 칭찬해 주셔서 감사합니다. 아까는 보는 눈이 있어서 조심하느라 대답을 못 했습니다."

"사람들의 눈치를 살피고 계시다는 말입니까?"

"예, 사람들은 나를 아주 형편없는 사람이라고 생각하고 있거든요. 물론 우리 하인들은 그렇게 생각하지 않지만, 언제나 조심하고 있습니다. 나의 뜻을 따라 주는 것은 늙고 약한 사람들뿐이지요. 나는 수년 동안 라가도의 총독을 지냈지만 대신들의 음모에 의해 자리에서 쫓겨났습니다. 모든 것이 내가 이처럼 성을 꾸미고 살고 있기 때문이지요. 사람들은 내 성을 도시에서 보았던 것처럼 만들려 하고 있습니다."

"왜요, 도대체 무엇 때문입니까?"

"40년 전 라가도 사람들이 라퓨타를 방문한 적이 있었습니다. 그 사람들은 5개월 동안 그곳에 머무르면서 수학에 대한 지식을 조금 배웠지요. 그들은 라퓨타 사람들이 깊은 생각에 잠기는 모습도 존경스러워했습니다. 그들은 국왕의 허락을 얻어 라가도에 연구소를 세우기 시작했습니다. 지금까지 해 오던 일들은 모두 잘못된 것이라며 새로운 예술과 과학, 기술을 만들자고 했습니다. 많은 사람들이 그들을 따랐지요. 라가도뿐만 아니라 발니바르비 전체에 연구소가 세워졌습니다.

그들은 새로운 기술을 만들어 한 사람이 열 사람 몫을 할 수 있게 하겠다고 했습니다. 궁전을 일주일 안에 지을 수 있는 방법을 만들겠다는 사람도 있었지요. 하지만 지금까지 하나도 이루어진 것이 없습니다. 모두가 빨리, 많이 무언가 해내기 위해 엉뚱한 연구를 하는 동안 식량과 옷은 점점 부족해졌고, 도시는 무너져 버렸습니다."

무노디 경은 라가도 사람들이 라퓨타를 알기 전으로 돌아가고 싶다고 했습니다. 조상들이 지은 집에 살면서 계절에 맞는 과일을 먹고 농사를 지으며, 계절에 맞는 옷차림을 하며 살아가고 싶다고 했습니다.

하지만 사람들은 자연의 이치에 맞게 살고 싶은 무노디 경의 생각을 국가 발전에 하나도 도움이 되지 않는 게으르고 무지한 생각이라 여기며,

새로운 기술을 만들어야만 의미가 있다고 했습니다. 도시가 무너져 내리고 있는데도 말입니다.

이상한 연구소

　나는 무노디 경이 말한 이상한 연구소에 가 보았습니다. 연구소는 길을 사이에 두고 양쪽으로 세워져 있었습니다. 방마다 한두 명의 연구원들이 있었습니다.

　나는 며칠 동안 500개 정도의 방을 방문했는데, 처음으로 만난 연구원은 머리가 불에 그슬려 있었습니다. 그는 8년 동안이나 오이에서 태양 광선을 뽑아내는 연구를 하고 있었습니다. 유리병에 태양 광선이 나오는 오이를 넣어 두었다가, 날이 좋지 않을 때 유리병을 열어 날을 좋게 만든다는 것이었습니다.

그 연구원의 방에 두 번째 갔을 때는 지독한 냄새 때문에 견딜 수가 없었습니다.

"욱, 무엇을 연구하는 것입니까?"

나는 코를 막고 겨우 물었습니다.

"똥을 원래의 음식으로 되돌리는 연구입니다. 아주 대단한 일이지요!"

그는 똥의 끈적끈적함과 색깔, 냄새만 없애면 똥을 다시 음식으로 만들 수 있다고 했습니다.

어떤 연구원의 방은 온통 거미줄투성이였습니다. 연구원은 거미에게서 색색의 거미줄을 뽑는 연구를 하고 있었습니다.

"거미에게 갖가지 색으로 염색한 파리를 먹이로 줍니다. 그러면 거미가 그 파리를 먹고, 색색의 거미줄을 뽑을 수 있는 것이지요."

"와, 정말 멋진 생각이십니다."

"탄력 있고 질긴 거미줄을 잘 이용하면 옷감에 따로 물을 들이지 않고도 색색의 옷감을 만들 수 있지요."

나는 그의 연구가 정말 대단한 것이라고 생각했습니다.

말을 연구하는 곳에도 가 보았습니다. 그곳에는 세 사람의 교수가 말을 연구하고 있었습니다.

"우리는 말을 없애는 연구를 하고 있습니다."

"왜요?"

"말을 많이 하면 폐를 많이 사용하게 되고, 폐가

빨리 늙게 되니까요. 그것은 결코 건강에 좋지 않아요."

"그러면 어떻게 이야기를 나눕니까?"

"물건을 가지고 다니면 됩니다. 배가 고프면 그릇을 내밀고, 놀고 싶으면 장난감을 내미는 것이지요."

"네? 그러면 생각을 전하기 위해 많은 짐을 짊어지고 다녀야 한단 말입니까?"

나는 고개를 저으며 그렇게는 못 산다고 했습니다.

그러자 교수들은 말 대신 물건을 사용하는 것의 좋은 점에 대해 이야기했습니다. 세계 여러 나라에 똑같거나 비슷한 물건들이 있으므로, 다른 나라의 말을 몰라도 서로 이야기를 나눌 수 있다는 것이었습니다.

이상한 연구소에서는 정말 이상한 연구들을 하고 있었습니다. 정치를 연구하는 곳도 있었습니다. 그곳에서 나는 정치를 연구하는 의사를 만났습니다.

"정치인들은 기억력이 아주 짧아요. 저는 그 병을 쉽게 고칠 수 있답니다."

"어떻게요?"

"국민들이 정치인들에게 말할 때 쉽게 요점만 말하는 것입니다. 대신 헤어질 때 정치인의 코를 비틀거나, 다리를 힘껏 걷어차거나, 양쪽 귀를 세게 세 번 정도 잡아당겨야 합니다. 그래야 잊어버리지 않고 일을 잘 처리할 테니까요."

나는 의사의 말에 웃음이 나오려고 했습니다. 하지만 무시한다고 생각할까 봐 꾹 참았습니다.

"자기 이익만 챙기는 정치인들의 욕심병도 고칠

수 있습니다."

"그러세요?"

나는 별 기대를 하지 않았습니다.

"정치인들이 자기 생각을 발표하고, 투표는 생각과 정반대로 하는 것입니다. 그러면 욕심을 채우려는 자기 생각과 정반대의 결과가 나오고, 그것은 곧 국민들에게 좋은 쪽으로 결과가 나오는 것이지요."

그는 정치인들의 몸싸움을 멈추게 하는 방법도 연구했습니다. 그가 연구한 방법은 각 정당에서 100명씩 대표를 뽑은 다음, 서로 다른 정당의 사람들끼리 짝을 짓는 것입니다. 이때 반드시 머리 크기가 비슷한 사람들끼리 짝을 지어야 합니다. 그러고는 외과 의사들이 짝을 지은 두 사람의 머리를 반으로 잘라 서로의 뇌를 절반씩 바꿉니다.

그러면 두 개의 뇌가 서로 다른 의견으로 싸우더라도, 결국 서로를 잘 이해하고 좋은 의견을 내놓게 된다는 것이었습니다.

마술사의 섬

  이상한 연구소의 이상한 연구들을 많이 봤더니 나는 머리가 아팠습니다. 하루라도 빨리 고향으로 돌아가고 싶었습니다. 그러던 중 이 나라의 항구인 맬도나다가 럭낵과 무역을 하고 있고, 럭낵으로 가면 일본으로 가는 배를 탈 수 있다는 이야기를 들었습니다. 일본으로 가면 유럽으로 가는 배를 탈 수 있었기 때문에 나는 럭낵으로 떠날 준비를 했습니다.

나는 친절한 무노디 경과 작별한 후 맬도나다로 향했습니다. 하지만 럭낵으로 향하는 배는 얼마 전 떠나서 한 달은 기다려야 했습니다. 대신 그곳에서 친절한 신사를 만나 함께 여행을 할 수 있었습니다.

우리는 마술사의 섬인 글럽덥드립으로 향했습니다. 섬에 살고 있는 사람들은 마술사 총독의 지배를 받고 있었습니다. 마술사 종족은 반드시 같은 종족하고만 결혼을 했으며, 마술사 종족 중 가장 나이가 많은 사람이 총독이 된다고 했습니다.

우리는 총독을 만날 수 있었습니다.

"그대는 어떻게 여기까지 오게 되었소?"

총독은 발니바르비의 말을 잘했기 때문에 나는

총독의 말을 알아들을 수 있었습니다. 하지만 시종들이 신경 쓰여 말을 제대로 할 수 없었습니다. 마치 귀신이 옆에 서 있는 것처럼 으스스했습니다.

"시종들을 내보낼 터이니 편하게 말씀하시오."

총독이 손가락을 휘 움직이자 갑자기 시종들이 어디론가 사라졌습니다. 놀란 나는 멍하니 시종들이 있던 자리만 바라보았습니다. 그들은 유령이었던 것입니다.

나는 마음을 진정시키고 총독에게 내 여행 이야기를 들려주었습니다. 총독은 내 이야기를 재미있게 들어 주었습니다.

우리는 마술사의 섬에서 10일을 머물렀습니다. 그러는 동안 잠은 일행이 아는 사람의 집에서 자고, 낮에는 총독과 함께 보냈습니다.

나는 유령 시종을 만나는 일에 익숙해졌습니다.
어떤 유령 시종이 나올까 궁금하기까지 했습니다.

　"그대는 만나고 싶은 유령이 있소?"

　나는 마음이 떨렸습니다. 누구를 만나 볼까, 사
람들을 떠올려 보았습니다. 그러고는 전쟁을 마
치고 군대의 선두에 있는 알렉산드로스를 만나게

해 달라고 했습니다. 그러자 총독의 정원에 알렉산드로스 대왕이 군대를 이끌고 나타났습니다.

나는 아리스토텔레스, 호메로스, 데카르트 등 많은 사람들을 만났습니다. 생각지도 못한 즐거운 만남이었습니다.

하지만 별로 즐겁지 않은 만남도 있었습니다. 총독에게 여러 명의 국왕들을 그들의 아버지, 할

아버지, 증조할아버지, 고조할아버지 등 아홉 세대 이전의 조상들과 함께 불러 달라고 했습니다. 유명한 귀족들도 같은 방법으로 불러 달라고 했습니다.

나는 모두들 기품 있고, 교양 있는 사람들일 것이라고 생각했습니다. 하지만 그런 사람들은 별로 없고, 아첨꾼, 사기꾼, 싸움꾼 등이 나타났습니다. 나는 그동안 국왕과 귀족에 대한 존경심을 너무 많이 가지고 있었음을 깨달았습니다.

나는 글럽덥드립의 총독에게 감사의 인사를 하고 일행과 함께 맬도나다로 돌아왔습니다. 보름이 지나자 럭낵으로 가는 배가 준비되었습니다.

영원한 삶

럭낵에서 나는 발니바르비 말을 할 줄 아는 대신과 가깝게 지냈습니다. 나는 그에게서 이제까지의 여행 중 가장 흥미로운 이야기를 듣게 되었습니다. 그것은 영원히 죽지 않는 '스트럴드블럭'에 대한 이야기였습니다.

"럭낵에는 스트럴드블럭이 1,100명 정도 살고

있는데, 그들이 태어나는 경우는 아주 드물지요. 특별한 가정에서 태어나는 것도 아니고, 어느 날 우연히 태어나지요. 부모가 모두 스트럴드블럭이라고 해서 자식도 스트럴드블럭으로 태어나는 것은 아닙니다."

"그들을 알아볼 방법이 있습니까?"

"스트럴드블럭은 왼쪽 눈썹 위에 붉고 둥근 점을 가지고 태어납니다. 점은 열두 살이 되면 초록색이 되고, 스물다섯 살이 되면 짙푸른 색, 마흔다섯 살이 되면 검은색이 되지요."

나는 죽음의 불안과 공포로부터 해방된 스트럴드블럭이 세상에서 가장 행복할 거라고 생각했습니다.

"당신이 스트럴드블럭으로 태어난다면 어떤 삶을 살 것 같소?"

그는 나에게 좋은 상상거리를 만들어 주었습니다.

"영원한 삶을 갖게 되면 절약하고 재산을 모아 럭넥 최고의 부자가 될 것입니다. 역사에 길이 남을 천문학과 예술, 과학을 연구할 것이며, 정확한 역사책을 만들기 위해 살아가는 내내 시대에 따른 관습과 언어, 유행, 놀이 등에 대해 꼼꼼하게 기록할 것입니다. 이렇게 얻은 정보들로 시대의 흐름과 변화를 읽게 될 것이고, 미래를 예측하는 예언자가 될 것입니다. 젊은이들에게는 좋은 본보기가 되어 희망을 심어 줄 것이고, 영원히 죽지 않는 친구들과 함께 즐겁게 살아갈 것입니다."

나는 상상만으로도 행복했습니다. 영원히 죽지 않고 보고, 느끼고, 만들어 갈 삶이 나에게 주어진 것 같았습니다.

"하하하, 꿈 같은 이야기로군요. 사람은 누구나 죽음을 두려워하고 거부합니다. 하루라도 더 살려고 하지요. 하지만 스트럴드블럭을 쉽게 만날 수 있는 럭낵의 사람들은 그렇지 않습니다. 죽음이 다가오면 순순히 받아들이지요. 당신이 생각한 스트럴드블럭의 삶은 젊음과 건강이 영원히 함께할 때 이루어질 수 있는 것입니다."

그는 나에게 스트럴드블럭을 직접 보여 주겠다고 했습니다. 그래서 나는 그를 따라 거리로 나갔습니다.

스트럴드블럭의 모습은 너무 초라했습니다. 머리는 다 빠지고 허리는 굽을 대로 굽고, 이빨도 다 빠져 먹을 것도 제대로 먹지 못했습니다.

"스트럴드블럭은 30세까지는 보통 사람들처럼 살아가지만 이후에는 점점 힘이 빠지고, 60세가 넘으면 어리석어집니다. 죽지 못하는 것에 대해 두려워하며 하루하루를 슬프게 살아가지요. 그들은 건강한 젊음과 나이든 사람들의 죽음을 질투하며 가장 갖고 싶어 합니다. 병이 들지만 고칠 방법이 없어 아픈 채로 영원히 살아갑니다. 럭낵의 언어는 늘 변화하고 있어 한 세대의 스트럴드블럭은 다른 세대의 스트럴드블럭과 말을 나누기도 힘듭니다. 기억력이 약해져 가족과 친구의 이름도 잊어버리고, 내용을 쉽게 잊어 책 읽기도 힘들고, 오랫동안 대화를 나눌 수도 없습니다. 결국 그들은 아무런 놀이도 할 수 없습니다. 흘러가는 시간을 견딜 뿐이죠."

스트럴드블럭을 보고 영원한 삶을 상상하며 최고의 부자가 될 것을 기대한 나는 부끄러웠습니다. 삶이란, 영원히 사는 것보다 사는 동안 행복하고 건강하고 아름답게 살아가는 것이 더 중요하다는 것을 깨달았습니다.

1709년 5월 6일 나는 삶과 죽음에 대한 새로운 생각을 안고 일본으로 향했습니다. 럭낵의 국왕이 일본 천황에게 나에 대한 편지를 써 주었기 때문에 나는 일본에서 편히 지낼 수 있었습니다.

1710년 4월 20일 드디어 배가 영국 다운즈에 들어섰습니다. 그리고 다음 날 나는 배에서 내려 고국의 땅을 밟고 가족들 품으로 돌아갈 수 있었습니다.

Gulliver's Travels

걸리버 여행기

무인도의 말

살아가는 동안 삶을 소중히 하리라 다짐한 나는 가족들과 하루하루를 행복하게 보냈습니다. 하지만 다섯 달 만에 나는 또 다른 여행을 시작하게 되었습니다. 의사가 아닌 선장으로 어드벤처 호를 타게 된 것이었습니다.

1710년 9월 7일 나는 선장이 되어 포츠머스 항

을 출발했습니다. 그런데 얼마 지나지 않아 선원 몇 명이 일사병으로 죽고 말았습니다. 때문에 나는 새로 선원을 모집했습니다.

"함께 멋진 항해를 해 보세."

나는 새로 온 선원들을 친절하게 맞았습니다. 하지만 새로 온 선원들은 착한 사람들이 아니었습니다. 그들은 해적이었던 것입니다. 배를 빼앗으려고 일부러 선원이 되어 다른 선원들까지 자기편으로 만들었습니다.

그들은 나를 위협했습니다.

"나를 죽일 건가?"

"걱정 말게. 죽이지는 않을 테니."

며칠 뒤, 그들은 나를 작은 배에 태워 바다에 던져 버렸습니다.

"여기가 어디인가? 혹시 사람을 잡아먹는 식인

종이 사는 곳은 아니겠지?"

"우린들 아나? 섬이 보여서 버리는 것이니까, 알
아서 잘 살아 봐."

해적들은 우연히 발견한 섬에 나를 버리고 사라
졌습니다.

혼자가 되었지만 나는 괜찮을 거라고 스스로를
위로했습니다. 언제나 그랬듯, 다시 고향으로 돌
아갈 수 있을 거라고 생각하며 걸어갔습니다.

들판을 한참 걷다 보니 털이 북슬북슬한 동물이
보였습니다. 처음 보는 동물이었습니다. 얼굴에
는 수염이 나 있었으며, 몸은 대부분 털로 뒤덮여
있었습니다. 꼬리는 없었고, 네발로 기거나 두 발
로 걷기도 했습니다.

"정말 끔찍하게 생겼군. 마주치지 않는 게 좋겠
어."

나는 길을 따라 걸었습니다. 빨리 사람들이 사는 마을을 찾고 싶었습니다.

　그런데 아까 보았던 동물이 나에게 다가왔습니다. 그 동물은 나를 이리저리 살피더니 앞발을 번쩍 들었습니다. 순간 나는 칼을 뽑아 휘둘렀습니다. 그러자 40마리 정도 되는 동물들이 나를 향해 몰려왔습니다.

"저리 가. 저리 가란 말이야!"

나는 허공에 칼을 휘둘렀습니다. 그러자 동물들이 뒤로 물러났습니다. 아니 무엇인가에 놀라 달아나고 있었습니다.

주변을 둘러보니 사람은 보이지 않았습니다. 보이는 것은 회색 말 한 마리뿐이었습니다.

말이 나에게 다가왔습니다.

"멋진 말이구나!"

나는 영국에서 그랬던 것처럼 말의 갈기를 쓰다듬어 주려고 했습니다. 그러자 말은 아주 기분 나쁘다는 표정으로 고개를 저으며 울부짖었습니다. 보통의 말 울음소리가 아니었습니다. 마치 무언가 말을 하는 듯한 소리였습니다.

잠시 후 갈색 말이 다가와 회색 말에게 고개를 숙였습니다. 마치 인사를 하는 것 같았습니다.

두 마리 말은 나에게 다가와 나를 자세히 살피기 시작했습니다. 모자와 얼굴, 옷을 살피고, 앞발의 발굽과 발목 사이를 구부려 내 손을 잡기도 했습니다.

"당신들은 마법사이지요?"

나는 말들이 말로 변신한 마법사라고 생각했습니다. 말들의 행동이 차분하며 질서가 있어서, 분명 사람일 것이라고 생각했습니다.

말들은 대화를 나누는 것 같았는데 '야후'라는 말이 자주 들렸습니다.

"야후?"

다른 나라 말을 잘 배우는 나는 '야후'라는 말을 따라 해 보았습니다. 그러자 그들은 깜짝 놀라 나를 쳐다보았습니다.

회색 말은 '휴이넘'이라는 말을 했습니다. 나는 몇 번 연습을 하여 '휴이넘'이라는 말도 했습니다. 나중에 알았지만 휴이넘은 그들을 가리키는 말이었습니다.

야후의 정체

회색 말을 따라 4킬로미터를 걸어가자 길쭉하게 생긴 건물에 도착했습니다. 건물의 벽은 나뭇가지와 수수깡을 엮어 만들었고, 지붕은 짚으로 덮여 있었습니다.

"이제 사람들을 만날 수 있겠군!"

나는 회색 말을 따라 건물 안으로 들어갔습니

다. 하지만 방에는 망아지 세 마리와 암말 두 마리만이 있었습니다. 방을 둘러보니 사람의 방 같지가 않았습니다. 바닥은 부드러운 진흙이 깔려 있었고, 구석에는 여물통이 놓여 있었습니다.

회색 말을 따라 세 개의 방을 가 봤지만 사람은 보이지 않았습니다. 방에서 본 것이라고는 모두 말들뿐이었습니다.

말들은 나를 보고 무척 놀랐습니다. 그들은 모두 '야후'라는 말을 했습니다.

회색 말은 나를 다른 건물로 데려갔습니다. 그곳에는 내가 섬에서 처음 만났던 털북숭이 동물 세 마리가 기둥에 묶인 채 먹이를 먹고 있었습니다.

나는 회색 말과 함께 마당으로 갔습니다. 잠시 후 갈색 말이 털북숭이 한 마리를 데려왔습니다.

나는 털북숭이와 함께 나란히 섰습니다.

"야후."

"야후!"

말들은 나와 털북숭이를 보면서 야후라는 말을 반복했습니다. 나는 정말 끔찍했습니다. 야후라는 말은 이 털북숭이들을 가리키는 말이었습니다. 결국 말들은 나를 털북숭이와 똑같은 야후로 생각하고 있었던 것입니다.

더 놀랍고 소름 끼치는 것은 털북숭이의 모습이었습니다. 자세히 보니 털북숭이는 사람의 모습과 너무도 닮아 있었습니다. 넓적한 얼굴에 움푹 들어간 코, 두툼한 입술. 이러한 모습은 야만인들에게서 흔히 볼 수 있는 것이었습니다. 야후는 사람인 것이었습니다.

야후의 앞발은 나의 손과 생김새가 비슷했습니

다. 다만 손등에 털이 있고 손톱이 길고, 갈색빛이 돈다는 것만 달랐습니다. 발도 마찬가지였습니다. 하지만 말들은 내가 구두를 신고 있어서 야후의 발과 내 발이 다르다고 생각하는 것 같았습니다.

갈색 말은 야후들의 축사로 가더니 썩은 당나귀 고기를 가져와 내 앞에 놓았습니다. 나는 코를 막고 고개를 저었습니다. 그러자 마른 풀과 귀리를 가져왔습니다. 나는 그것 역시 못 먹는다며 고개를 저었습니다.

내 모습을 지켜보고 있던 회색 말은 마치 생각을 하듯이 앞발 하나를 자기 입에다 갖다 댔습니다. 그 모습이 전혀 불편해 보이지 않고 자연스러워 보였습니다.

그때 암소 한 마리가 지나갔습니다.

"우유!"

나는 얼른 손가락으로 암소를 가리키며 우유를 짜서 마시겠다는 흉내를 냈습니다.

회색 말은 내 말을 알아들은 것 같았습니다. 하녀로 보이는 암말을 불러 나를 어디론가 데려가게 했습니다. 암말이 데려간 곳에는 흙과 나무로 만든 그릇 속에 우유가 가득 있었습니다. 나는 우유를 퍼 마시고 배고픔을 달랬습니다.

저녁때가 되었을 때, 나는 귀리와 우유로 빵을 만들어 보기로 했습니다. 귀리를 잘 빻아서 가루로 만들면 우유와 섞어서 빵을 만들 수 있을 것 같았습니다.

"아, 맛없어. 소금이 없으니 간을 할 수가 없네."

처음에는 아무 맛이 없었습니다. 하지만 곧 익숙해졌습니다.

나는 이곳에서 지내는 동안 들로 가서 토끼를 잡거나 새를 잡아먹었고, 풀을 뜯어 샐러드를 만들어 먹기도 했습니다.

회색 말은 자신의 집에서 조금 떨어진 곳에 나의 잠자리를 마련해 주었습니다. 나는 그곳에 깨

끗한 짚을 깔고, 입고 있던 외투를 벗어 이불로 삼
았습니다.

　그러고 나서 나는 금세 잠들었습니다.

야후와 다른 사람

　나는 예의가 바르고, 누구보다 친절한 회색 말을 나의 주인이라 생각하기로 했습니다. 나는 물건들을 가리키며 주인에게 말을 배우고 싶다는 표현을 했습니다. 주인은 내 뜻을 잘 알아듣고 나에게 말을 가르쳐 주기 시작했습니다.

　주인은 나의 옷에 대해 이해하지 못했습니다.

주인은 물론 다른 휴이넘들은 모두 옷이 내 몸의 일부라고 생각하고 있었습니다. 나는 옷 속의 피부를 들키지 않으려고 누구보다 일찍 일어나 옷을 입었습니다. 옷 때문에 야후와 나를 조금 다르게 보고 있었으므로 절대 피부를 보여 주고 싶지 않았습니다. 하지만 얼마 지나지 않아 옷의 비밀을 들키고 말았습니다.

나보다 먼저 일어난 갈색 말이 주인의 명령을 받아 나를 깨우러 온 것이었습니다. 갈색 말은 내 피부를 보고 깜짝 놀라 소리쳤습니다. 그 소리에 잠이 깬 나는 서둘러 옷을 입고 주인에게 달려갔습니다.

"제가 입고 있는 이것은 옷이라는 것입니다. 제가 살던 곳에서는 모두 이런 옷을 입고 있습니다. 여름이 되면 얇게 입고, 겨울이 되면 두툼하게 입

어 몸을 보호합니다.”

주인은 나의 몸을 관찰하기 시작했습니다.

“피부가 야후들과 달리 부드럽구나. 털도 야후들처럼 많지 않군. 너는 야후이지만 야후들과 좀 다른 면이 있구나.”

“저는 야후가 싫습니다. 모두들 야후를 나쁘게 생각하고 있지 않습니까. 제발 옷에 대해 아무에게도 말하지 마십시오.”

“알았다. 갈색 말도 네 비밀을 지켜 줄 것이다.”

“고맙습니다.”

“네 말을 들어 보니 너처럼 옷을 입는 야후들이 있는 것 같은데, 너는 어찌하여 혼자 이곳에 오게 된 것이냐?”

말을 제법 할 수 있게 된 나는 선장이 된 이야기부터 해적을 만나 버려지게 된 이야기까지를 말했습니다.

"네가 사는 곳의 휴이넘들은 야후를 잘 길들이느냐? 어떻게 야후에게 배를 맡기고 항해를 시킨단 말이냐?"

주인은 사람을 야후로 생각하므로, 사람이 배를 만들었다는 것을 믿지 못했습니다.

"제가 사는 곳, 제가 여행한 곳에서는 모두 저와 같은 종족이 물건들을 만들고 농사를 짓고, 나라를 다스리며 살아갑니다. 우리는 서로를 사람이라고 부르며, 그들은 모두 저처럼 생각할 줄 알고 말을 할 줄 알며, 배우고 실천할 줄 압니다. 또한 그런 곳에서는 사람들이 휴이넘을 기르고 있습니다."

"기른다?"

"네, 휴이넘을 우리나라에서는 '말'이라 부르며

먹이를 주고, 털을 빗겨 주기도 하고, 목욕을 시켜 주기도 합니다. 말은 힘과 속도가 좋고 겸손하고 충성스러워서 신분이 높은 사람들이 많이 가지고 있습니다. 말은 마차를 끄는데, 병이 들거나 다치게 되면 농사를 돕기도 합니다. 죽은 후에는 가죽을 벗겨 고기는 육식동물의 먹이로 주고, 가죽은 허리띠, 조끼 등 여러 가지 물건을 만드는 데 사용합니다."

나는 사람들이 말을 이용해서 만드는 고삐와 안장, 채찍, 편자 등에 대해서도 주인에게 자세히 이야기해 주었습니다. 나의 이야기를 듣고 주인은 몹시 불쾌한 표정을 지으며 기분이 나빠 보였지만 그렇다고 내게 화를 내지는 않았습니다.

주인은 내 이야기를 다 듣고도 자신의 원래 생각을 결코 바꾸지 않았습니다. 주인은 야후가 원래부터 욕심이 매우 많고 너무나 잔인하며 몹시 게을러서 그 누구도 지배할 수 없다고 굳게 믿고 있었습니다.

주인은 계속해서 사람들이 야후라고 생각하고 있었습니다. 그래서 나와 같은 야후들의 삶이 어떠한지, 어떻게 휴이넘들이 그들을 길들이는지를 궁금해하는 것 같았습니다.

야후 같은 사람

　주인은 인간 세상에 대해 좀 더 알고 싶어 했습니다. 나는 주인과 2년여에 걸쳐 인간 세상에 대해 많은 이야기를 나누었습니다.

　"돈으로 원하는 옷이나 물건, 음식 등을 살 수 있습니다. 돈을 많이 벌수록 더 많은 것을 가질 수 있고, 더 값비싼 것을 구할 수 있습니다. 하지만 돈을 벌기란 쉽지 않습니다. 가난한 사람들은 부자 밑에서 일을 하면서 적은 돈을 벌지만, 부자는 가난한 사람들을 고용해 많은 돈을 법니다."

내 이야기를 듣고 주인은 의아해했습니다. 모든 것은 자연에서 나오는 것인데, 왜 그것을 사이좋게 나누지 않는지 이해가 가지 않는다는 것이었습니다.

주인과 나는 서로를 이해하기 위해 많은 이야기를 나누었습니다.

그러던 어느 날, 귀족 이야기를 하게 되었습니다. 주인은 나의 겸손하고 단정하고 사려 깊은 행동을 칭찬하며 나를 귀족이라고 했습니다.

"우리 휴이넘들을 잘 보게. 흰색, 갈색, 회색의 말들은 적갈색과 회색 바탕에 검은 얼룩이 있는 말들과 조금 다르네. 적갈색과 회색 바탕에 검은 얼룩이 있는 말들은 우리와 같은 지혜와 이성을 지니고 태어나지 않는다네. 때문에 그들은 언제나 하인으로 살아간다네. 그들은 하인의 신분에서 벗어나려 하지 않으며, 불만을 갖지도 않네. 자네도 태어날 때부터 남들과 다른 성품을 가진 귀족임에 틀림없어."

"저는 귀족이 아닙니다. 평범한 사람이지요. 그리고 인간 세계의 귀족은 휴이넘과는 다릅니다. 귀족이든 서민이든 교육을 통해 지혜와 이성을 기릅니다. 그러므로 서민이지만 귀족보다 지혜로울 수 있으며, 귀족이라고 해도 서민보다 어리석을 수 있습니다."

주인과 나는 전쟁에 대해서도 이야기를 나누었습니다.

"전쟁을 벌이는 이유는 헤아릴 수 없이 많습니

다. 다른 나라를 집어삼키려는 욕심 때문에 일어나기도 하고, 먹을 것을 차지하기 위해 싸우기도 하며, 서로 생각이 달라 싸우기도 합니다. 한 번 전쟁이 일어나면 수천, 수만 명이 죽게 됩니다."

"자네의 전쟁 이야기를 믿기 힘들군. 자네 같은 생김새로는 그렇게 많은 야후들을 죽일 수 없을 것 같단 말이야. 자네의 발톱은 뾰족하지도 단단하지도 않아서 상대를 할퀴거나 때리기에는 너무 약하거든. 입도 얼굴에 바짝 붙어 있어서 상대를 물어뜯기도 힘들고, 뾰족한 이빨도 없고, 이곳의 야후들처럼 민첩하지도 않고 말이야."

"뾰족한 이빨이나 발톱 같은 것은 필요 없습니다. 그것들보다 더 위험한 총이나 대포 같은 무기가 있으니까요. 총이란 것은 사람의 심장도 뚫을 수 있고, 대포라는 것은 수백 명을 한 번에 죽일 수도 있는 아주 무서운 것입니다."

"그만하게. 자네의 종족 또한 야후가 확실하군. 이성을 지닌 동물이 그렇게 잔인한 일을 할 리가 없지 않은가. 아니면 자네 종족은 잘못된 이성을 가진 야후일 거야. 그래서 아름다운 생각은 조금도 하지 않으며, 오직 전쟁 같은 나쁜 것에 어울리는 성격만 가지고 있는 게 분명해."

주인의 말에 창피함을 느낀 나는 아무 말도 할 수 없었습니다.

"듣고 보니 자네 종족의 생활은 내가 본 야후들의 모습과 비슷하네. 여기 있는 야후들 또한 욕심이 많아서 먹고도 남을 음식을 주어도 서로 많이 가지겠다고 싸운다네. 이 섬에는 반짝반짝 빛나는 돌이 많은데, 야후는 그것을 발로 캐내어 숨겨 둔다네. 그리고 다른 야후가 그것을 훔쳐 갈까 봐

신경을 쓰느라 마음이 편치 못하지. 또한 다른 무
리의 야후들과 자주 싸움을 벌인다네."

　나는 분명히 사람과 야후가 다르다는 것을 말했
지만, 내가 말을 할수록 주인은 사람과 야후가 같
다고 생각하게 되었습니다.

정작 나 또한 점점 사람과 야후가 비슷하다고 느끼게 되었습니다.

휴이넘의 삶

인간에 대한 많은 이야기를 들은 주인은 이렇게 이야기했습니다.

"인간이란 아주 조금이지만 이성을 가지고 있어서 야후들과는 다른 것 같구나. 하지만 그 조금의 이성을 좋은 일에 쓰지 않고, 나쁜 일에 사용하고 있는 것 같다."

"그게 무슨 말씀이십니까?"

"너희들도 분명히 자연에서 나서 자연의 것들을 사이좋게 나누며 살았을 것이다. 그런데 욕심이라는 것이 생겨나면서 더 많이 갖기 위해 돈을 만들고, 칼을 만들고, 총을 만들고, 대포를 만들어 전쟁이라는 것을 벌이고 있다는 얘기다."

"하지만 돈이 없으면 물건을 살 수 없고, 대포 같은 것이 없으면 나라를 지킬 수 없습니다."

"서로 사이좋게 나눈다면 더 많이 갖기 위해 돈을 벌 이유가 없지 않느냐. 동물들은 자신과 가족을 보호하고 먹이를 구하기 위해 이빨이나 발톱을 사용하지만, 너희들은 자신과 가족의 보호를 넘어서 남의 것을 빼앗기 위해 대포 같은 것을 사용하고 있지 않느냐. 법이라는 것도 이성이 부족하기 때문에 만들어졌다고 생각되는구나. 너희들이 정말 이성을 가졌다면 충분히 서로를 믿고 살아갈 수 있을 것이다."

나는 주인의 말이 머릿속에서 떠나지 않았습니다.

'그렇구나! 사람들이 처음부터 나쁜 짓을 저지르지 않았다면 법 같은 것은 필요 없었을 거야. 욕심을 부리지 않고 사이좋게 나누었다면 서로를 죽이는 전쟁 또한 일어나지 않았을 것이고, 배고픔에 시달리는 사람들 또한 없었겠지.'

나는 내 자신이 사람인 것이 부끄럽고 싫었습니다. 결국 나는 야후와 다를 것이 없다고 생각했습니다.

휴이넘의 나라에서 3년을 보내는 동안 나는 휴이넘의 삶에 아름다움을 느끼고 존경심을 갖게 되었습니다.

휴이넘이 삶에서 가장 중요하게 생각하는 것은 '이성에 의해 행동하라'는 것이었습니다. 때문에 배신이나 거짓 같은, 이성에서 벗어난 행동에서 나올 수 있는 나쁜 말들이 휴이넘의 말에는 없었습니다.

어떤 동물의 나쁜 행동을 보거나 날씨가 나쁘거나 할 때는, '야후'라는 말을 썼습니다. '야후 같은 행동', '야후 같은 날씨'로 표현했습니다. '야후'는 그들에게 가장 나쁜 표현이었습니다.

휴이넘은 우정과 사랑을 중요하게 생각했습니다. 아주 멀리서 낯선 휴이넘이 찾아와도 가까이 살고 있는 이웃을 대하듯 친절하게 대했으며, 언제나 서로를 존중했습니다.

용기와 강함, 빠름을 익히기 위해 젊은 휴이넘들은 가파른 언덕을 오르내리거나 거친 바위와

자갈밭을 뛰어다녔습니다. 힘차게 뛰어다닌 후, 온몸이 땀에 젖으면 연못이나 강으로 뛰어들어가 몸을 식히며 정신을 가다듬었습니다.

휴이넘에게는 글은 없지만 우정과 사랑이 가득한 시들이 많았습니다. 부모가 자식에게 그것들을 읊어 주며 대대손손 이야기를 전했습니다.

우리가 손을 사용하듯, 휴이넘은 앞발의 발목과 발굽 사이의 움푹한 부분을 구부려 손처럼 사용했습니다. 그것을 이용해 바느질도 할 수 있고, 돌을 갈아 도끼나 망치 같은 연장을 만들기도 했습니다. 휴이넘은 돌을 갈아 만든 연장을 발목과 발굽 사이에 끼고 귀리의 줄기를 잘라 내거나 집을 지을 때 사용했습니다.

휴이넘은 주로 귀리를 먹지만 따로 농사를 짓지는 않았습니다. 내가 주인에게 왜 농사를 짓지 않

느냐고 묻자 이렇게 이야기했습니다.

"모든 것은 자연이 하는 일이지. 이 나라의 모든 귀리는 스스로 자라서 익고, 씨를 남기지. 우리는 그중에서 필요한 양만큼만 거두면 되는 것이다."

휴이넘은 정말로 자연에서 난 것을 사이좋게 나누고 있었습니다.

병도 걸리지 않았습니다. 만약 다쳐서 상처가 나면 들판으로 가서 상처에 좋은 약을 뜯어 먹으면 깨끗이 나았습니다.

"병이 들지 않으면 평생 살 수 있는 것입니까?"

나는 혹시 휴이넘도 영원한 삶을 가지고 있는 것이 아닐까 해서 물어 보았습니다.

"우리는 보통 일흔에서 일흔다섯 살까지 살며, 여든까지 사는 경우는 아주 드물단다. 병이 들어 죽는 것이 아니라 몸의 힘이 줄어들고 약해져 죽게 되지."

"갑자기 약해지는 것입니까?"

"우리는 죽기 몇 주 전부터 몸이 약해지는 것을 느낄 수 있다네. 이때가 되면 이웃들이 찾아와 정다운 이야기를 나누지. 그리고 죽기 열흘 전에는 야후들이 끄는 마차를 타고 이웃들을 찾아다니며 마지막 인사를 나누지."

"자신의 죽음을 미리 알고 준비하는 것이로군요?"

"그렇지. 우리 휴이넘들은 죽음을 삶의 일부이며, 먼 곳으로 떠나는 여행이라고 생각하고 있지."

휴이넘은 한평생 가족과 친구, 이웃과 더불어 서로를 사랑하고 존중하며 행복하게 살았기 때문에 죽음이 가져오는 두려움이나 후회, 미련 같은 것이 없었습니다.

헤어짐

휴이넘의 나라에서는 4년에 한 번씩 전국대표 회의를 열었습니다. 회의는 너른 들판에서 열리며 보통 5, 6일 동안 계속되었습니다. 각 지역의 마른 풀이나 귀리, 소와 야후 등의 상황을 파악해서 도와주기 위한 것이었습니다.

나는 휴이넘의 나라를 떠나기 3개월 전, 주인을

따라 전국대표회의에 참석한 적이 있었습니다.

"야후들을 어찌하면 좋을까요? 모두 알다시피 원래 이곳에는 야후들이 없었습니다. 오래 전 야후 한 쌍이 산에 나타난 후 지금처럼 많아진 것입니다."

대표들은 야후의 나쁜 성질을 고칠 수가 없다며 걱정했습니다.

"야후들은 바다를 건너온 것 같습니다. 세월이 흐르면서 말과 이성적인 모습을 모두 잃어버린 것 같습니다."

주인은 나를 예로 들면서 야후에 대한 생각을 말했습니다. 나는 대표들 앞에서 인사를 했습니다. 대표들은 모두 놀라는 눈치였습니다. 그것이 내 불행의 시작이었습니다.

휴이넘의 나라에서 나는 몸도 마음도 건강하고

행복했습니다. 배신이나 미움, 도둑이나 사기꾼에 대해 걱정할 필요도 없고, 정직하지 못한 정치인들을 보며 화를 낼 필요도 없었습니다. 부자가 되고 싶은 욕심도, 가난뱅이가 될지도 모른다는 걱정도, 전쟁의 두려움과 고통에 시달릴 필요도 없었습니다.

나는 휴이넘의 나라에서 존경하는 주인과 함께 평생 살고 싶었습니다.

하지만 꼭 바람대로 되는 것은 아니었습니다.

"지난번 대표회의에서 자네에 대한 두 가지 의견이 나왔네. 자네를 다른 야후들처럼 부리거나, 헤엄쳐서 스스로 왔던 곳으로 되돌아가게 하라는 것이었네. 자네는 착한 이성을 가졌지만 휴이넘은 아니니까."

나는 떠나고 싶지 않았습니다. 하지만 떠나야

했습니다.

"나는 자네를 다른 야후들처럼 부릴 수 없네. 자네는 내게 소중한 친구가 되었으니까."

주인은 나에게 떠나는 것이 좋겠다고 했습니다. 나 또한 그럴 수밖에 없다고 생각했습니다. 이곳의 야후들과 살 수도 없고, 휴이넘이 될 수도 없었기 때문입니다.

나는 친구가 되어 준 갈색 말과 하인들의 도움을 받아 배를 만들었습니다. 이곳을 떠나고 싶지 않지만 바다로 돌아가야 했습니다.

　배가 물결을 따라 바다로 나아갔습니다. 멀리서 갈색 말의 목소리가 들려왔습니다.

　"흐누이, 일라 니하 마이야 야후!"

　나는 눈물이 쏟아졌습니다.

　갈색 말은 "부디 조심히 가라, 친절한 야후야!"라고 소리치고 있었습니다.

　나는 무인도를 발견하기를 바랐습니다. 인간의 거짓과 욕심에 물들지 않고, 사람이 없는 곳에서 휴이넘의 마음으로 살고 싶었습니다.

　하지만 며칠 뒤 나는 지나가던 배에 의해 발견되어 선원들에게 붙잡히고 말았습니다.

　도망치려 했지만 소용이 없었습니다.

"왜 도망치려고 하는가?"

선장이 나를 의자에 앉히고 물었습니다.

"당신은 내 말을 믿지 않을 것입니다."

나는 휴이넘의 나라에서 있었던 일을 이야기하며, 무인도로 보내 달라고 했습니다.

"당신의 말은 거짓이 아닐 것이오. 예전에 한 선장에게서 비슷한 이야기를 들은 적이 있소. 당신이 말한 야후 같은 동물을 여러 마리의 말이 어디론가 끌고 갔다는 것이었지요. 그때는 그의 말이 거짓이라고 생각했지만, 이제는 믿을 수 있을 것 같소."

선장은 나를 이해한다며, 혼자 있을 수 있게 해 주었습니다.

1715년 11월 5일 나는 포르투갈의 리스본에 도착했습니다. 선장은 나를 자신의 집으로 데려가 사람 냄새가 배지 않은 새 옷과 물건을 나에게 주었습니다.

모든 것이 새것임에도 불구하고 나는 하루 동안 창문을 열고 사람들의 냄새를 없앴습니다.

1715년 12월 5일 포르투갈 선장의 도움으로 나는 영국에 도착했습니다.

"오지 마. 가까이 오지 마!"

나는 가족들 또한 야후처럼 느껴졌습니다. 그래서 1년 동안 아내와 아이들조차 곁에 오지 못하게 했습니다. 사람들을 만나지도 않았습니다.

내가 세상을 향해 조금 문을 연 것은 고향으로 돌아온 지 5년이 지난 후였습니다. 그때서야 나는 여행기를 쓰며 세상 속으로 조금씩 발을 내딛었습니다.

하지만 16년 7개월 동안의 여행기를 마치는 지

금도 나의 가장 친한 친구는 말입니다. 나는 날마다 두 마리 말과 이야기를 나눕니다.

여전히 휴이넘의 마음으로 살아가려고 노력하고 있으며, 휴이넘들을 그리워하고 있습니다.

조너선 스위프트
(Jonathan Swift, 1667~1745)

1667년 아일랜드의 더블린에서 태어난 스위프트는 대학을 졸업한 후 영국으로 이주하였습니다. 친척인 은퇴한 유명 정치인 윌리엄 템플 집에서 지내며 그의 비서로 일했습니다. 1694년 잠시 아일랜드에서 영국 교회의 목사로 일했지만 다시 윌리엄 템플의 집으로 돌아갔습니다. 스위프트는 그곳에서 많은 책을 보았고, 정치에도 관심을 가지며 글을 쓰기 시작했습니다.

서른두 살 되던 해, 윌리엄 템플이 죽자 아일랜드로 돌아가 다시 목사로 일했습니다. 1713년에는 더블린에 있는 세인트 패트릭 대성당의 사제장이 되었습니다.

종교뿐만 아니라 정치에도 관심이 많았던 스위프트는 정치에도 참여했습니다. 1724년에는 오랫동안 영국의 식민지였던 아일랜드의 저항운동 지도자가 되었습니다.

당시 아일랜드 사람들은 영국인 지주 아래서 농사를 지으며 가난하고 힘들게 살고 있었습니다. 1726년 발표한 『걸리버 여행기』에는 당시의 현실이 잘 담겨 있고, 그것을 조목조목 비판하고 있습니다.

스위프트는 정치를 그만두고 고향으로 돌아온 후부터 『걸리버 여행기』를 구상했다고 합니다. 『걸리버 여행기』에 나오는 많은 부분이 스위프트가 직접 경험한 것들이었습니다.

스위프트는 『걸리버 여행기』가 영국의 상황만을 묘사한 것이 아니라고 말했습니다. 모든 문명국가가 책 속에 나타난 것처럼 나쁘고, 어리석은 짓을 하고 있다고 말했습니다.

한평생 자유와 이성적인 인간다움에 대해 이야기했던 스위프트는 1739년부터 몸이 쇠약해져서 1745년 78세의 나이로 세상을 떠났습니다.

대표작으로 『걸리버 여행기』와 함께 종교와 학문을 비판한 『통 이야기』, 『책의 전쟁』 등이 있습니다.